増量・誰も知らない名言集イラスト入り

リリー・フランキー

幻冬舎文庫

増量・
誰も知らない名言集
イラスト入り

リリー・フランキー

BEYOND DESCRIPTION　LILY FRANKY

まえがき

〝あっ、いまコイツ、すげぇいいこといってるな〞

日々の生活の中で、そう思うことが時々あった。

たぶん、明日になったら忘れちゃうんだろうなぁ、今聞いたこと。

いつからか、それがもったいなく感じ始めて、心のノートにそんな言葉たちを書き留めるようになりました。

ここにある「名言」は、別に特別な場所で、特別な人から出てきたものではなく、僕が生活してゆく中で自然に友だちになった人や、知り合った人たちから採集した言葉です。

いつも「日常」とか「非日常」、「凡人」とか「変人」の境目はどこにあるんだろうかってことが気になっていて、色んな人に会うたびにその境目を探していました。

そのヒントになるのがいつも、

〝あっ、なんかいいな、今のセリフ〞

という感触なのです。

名言とはいっても、

「人間は考える葦である」

とか、日常生活の中で言い出す人など、本当はいないのでして、そんないかにも名言めいたことを言ったりする人は、たいがいアホか口の臭いオッサンなので、どーでもいい。

僕の好きな名言。本当に味のある名言は、日常生活の中で無意識のうちに口をついて出たような言葉。

考えられたものではなく、荒削りなまま、ためいきと一緒に押し出されたような、本心のかたまりです。

たぶん、みなさんの周りにも、そんな名言がたくさんあることでしょう。

名言とは哲学者や文学者の机の上に飾られているモノではなく、僕らの足元に転がっているモノです。

そして、その「名言」の意味よりも大切なことは、それを言った人の、その時の気持ちなのです。

増量・誰も知らない名言集イラスト入り　＊もくじ＊

〔御言葉その1〕　つぶやいた男。

君子、危うきに近寄らずというけれども、こんな仕事をしていると、分かっちゃいるが危うきに近寄ってしまうこともしばしばだ。

因果な商売である、つくづく。普通ならば目をそむけるか、避けて通るべき方角に、あえて挑み、危険も顧みず、そんな所から何かを見出そうとする、この俺。

人間研究というヘビーなテーマをライフワークとするからには多少の犠牲もやむをえない。

女の涙で歯を磨き、狼の生き血を吸って生き延びる。オフクロは俺が生まれる3年前に死んじまって、オヤジはベトナム戦争に行ったきり、帰って来た時はアルミの弁当箱の中だった。ホモの義母に育てられた俺はちっちゃな頃から悪ガキで、15で新宿二丁目鮫と呼ばれたよ。SEXのヘタな女の顔にマグナムをブチ込み、カジキマグロには脳天チョップ。水牛の角《つの》を頭ツキでへシ折り、シャブはにぎりめしにしてケツの穴にブチ込む。

とにかく、ヘビーな毎日さ。人間研究ほどハードなワークはないね、実際。

つい最近だった。夕方の甲州街道。俺はこれまたヘビーな仕事を終えて事務所に戻ってきた。事務所のある雑居ビルは大通りに面していて、俺はスクーターをいつもの場所に停めて入口へと向かった。

このあたりは一日中、人通りが多く、この時間帯はことさら会社帰りのOLや近所の主婦で混《こ》み合う。ハードボイルドな俺にはこんな平凡な風景が染み入る時もある。


触るだけでヤケドしそうな男。


その時だった。ウチのビルの入口の横で、いわゆるホームレスの男がしゃがみ込んでいた。その男の横をギョッとした表情で走り去る、買い物帰りの主婦。

フッ。平凡の中の、そんな些細《ささい》な差別がこの街の暗闇を益々作りあげて……なんちゅーことを考えていたら‼　ボヨヨーン‼　な、なんでそんな所でするかな、君‼

コウンしていた。夕方の街中で。歩道の真ん中で。俺んちの前で……。

ケツを丸出しにして、本格的に出していた。しかも、俺が目撃した時が、ちょうど棒状のコウンがアスファルトにキッスしている瞬間だった。立ちくらみがした。

ハードなケースには慣れっこの俺だが、こっち系は生理的に弱いんだ。足がすくんだ。吐き気がした。マジで。ヤバい、ヤバすぎる。

俺もあの主婦のようにダッシュで部屋に帰りたい。いや、しかし、こんなレアなケースは

滅多に見られるもんじゃない。いや、だけど……。俺は人間の生理と人間研究家の間でしばし葛藤を続けた。

「も、もうちょっと見てよかな……」

なんて因果な結論だ。俺はなるべくコアなビジュアルを視線から外しながらも、根性をキメて完全に見《けん》の姿勢に入った。

「オラー!!　バッチこいー!!」

歩道でコウンする男とそれに熱視線を送る男。一進一退、白熱のバカ合戦。スポットライトを浴びる永遠のライバル。いやだ。

男は2本弱を生み落としたところで持参の紙袋から新聞紙を取り出した。「あー!!　そんなに動いたら玉にコウンが付いちゃうよ!!」

まったくスリリングな奴。しかし、男は新聞紙でケツを拭くのかと思いきや、ケツはそのままで、道に落ちたコウンをそれで集めて包み、自分の紙袋に連中をしまったのである。

「意外にちゃんとしてる!!」

感心すべきか、どうなのか？　俺が頭を抱えたその瞬間。ふいに、男がこちらを振り向き俺の方をニランんだ。

こ、怖い!!　知らないうちに結構近づいてしまっている。キャッチャーが審判にクレームを出すようなポーズで俺を見つめる男。

視線がストライク!! 殺されるかもしれない。いや、それよりも陰惨な恋の予感。足が動かない!!

こんにちはー、世界の国から!! 男の視線は容赦なく俺の顔を眼光炯々《けいけい》と貫いた。固まってしまった俺。見据える男。しばしのキックオフ視線を交わした後、男は言った。

「別に、あやまらねぇよ……」

誰もそんな事を要求していないのに、あれで、それなりに気にしているのであった。それだけを言い残して夕暮れの街へと彼は去っていった。彼はあの行為で何かこの殺伐とした社会に警鐘を鳴らしているのだろうか?

いや、何の意味もないだろう。

No excuse.

〝御言葉〟その一

「別に、あやまらねぇよ……」

（住所不定たぶん無職、年齢不詳の男）

～路上のアグレッシブ・プレイ後の御言葉～

〔御言葉その2〕 そこに居ないはずの男。

生活の習慣というモノは、なかなか変えがたい。ボクの場合、出掛ける時も寝る時も部屋に鍵をかける習慣がないのだが、これは考えてみると、たいそう物騒なことである。多分かっちゃいるが、面倒臭い。運良く泥棒に入られたこともないが、部屋に帰ったら玄関にゴミ袋が2つ捨てられていたことはある。盗まれたことはないが、増やされたりはした。鍵はかけねばイカン。危ない。知らないうちにゴミ集積所にされてしまう。

近頃は、そんなボクの友好的な習慣を逆手に取った積極的な編集者が、電話のアポをすっ飛ばして、夜中の3時に呼鈴も鳴らさぬままボクの枕元に立っていてビックリのあまり小便もらしまくったことも少なくない。鍵はかけねばイカン。

特にこの御時世、猟奇殺人やノックアウト強盗や巨人連敗など、物騒な事件も多い。鍵はかけねばイカン。ウチの雑居ビルにも危険人物が出入りしているらしく、エレベーターホールに「異常者が出没しています。御注意下さい。管理人」と書いた紙が貼ってある。でも、その字がデタラメにヘタな字で、その上、悲しくなるくらいの誤字脱字で書かれてあったので、そっちのほうが怖かった。

犯人は管理人である。たぶん。それを目撃したオバサンの話では、異常者は〝全身黄色人間〟だったらしい。それってもしかしたら、夜中に黄色いツナギのブルース・リー・ジャージでコンビニに行くボクのことかなとも思ったが、ボクは変質者であっても異常者ではないので、犯人は管理人である。たぶん。そうに違いない。

とにかく、重要なことは鍵をかけることである。それが、一瞬の外出でも、だ。

ベッドの上の感動家。

友人のOは昔から、一種独特な人間を吸引する体質だった。Oが今までに出会った異常者に関する話は、想像を絶するストーリーばかりである。毎日、夕方になるとバケツの中で飼っている鮒《ふな》を見せに来る中年。早朝に泣きながらチリ紙をもらいに来る中学生。

どう考えても思いつかない現実の異常。虚構では醸し出せない事実ならではのバカさ加減がそこにはある。Oはずーっとそんなキワキワの人たちから好かれてしまう、オイシくも悲しい体質なのである。

ある日。もう26時を回った頃だったという。Oは近所のコンビニへ買い物に出掛けた。そして、家に戻るまで、その間10分。Oは油断していた。鍵をかけなかったのだ。

帰って来て部屋のドアを開けたOは、その様子に背筋が凍るような衝撃を受けたという。部屋が荒らされたワケでも、物が盗まれたでもなく、10分前と違う所はただ一点。その一点があまりにも斬新な一点だった。

Oのベッドの上に、見知らぬオヤジが座っていたのである。靴のまんまで、あぐらをかき、両手を膝《ひざ》にのせて、天井を仰いでいたのだという。

Oは身構えた。咄嗟《とっさ》に身の危険を感じた。そりゃそうだろう。かなり怖い絵である。ベッドの上のオヤジは灰色の作業着を着ていて、腕まくりした両手は真っ黒に日焼けし、それがサロン焼けではないことをOは瞬時に察した。「殺されるかもしれない!!」、Oは恐怖に震える。しかし、オヤジは帰ってきたOを前にしても微動だにせず、天を仰いでいる。

Oは意を決して、オヤジに言った。

「アンタ!! 勝手に人の部屋に入り込んで、そこで、何してるんだ!! オイ!! オイ!!」

その言葉を受けたオヤジは、初めて身体を震わせながら天に向かってこう叫んだという。

「感動してるんだア!!」

感動していたのであった。人ん家《ち》で勝手に。

それを聞いても笑える精神状態でなかったOは「そんなの、よそでやってくれ!!」とオヤジに冷たく言った。するとオヤジは「分かった……」と言い残し、部屋を去ったという。

Oはその事を述懐するに「何に感動していたのか、超気になる」と、今では後悔をしている。

What I'm just doing? I've been impressed!!

〝御言葉〟その二

「感動してるんだァ!!」

（家宅不法侵入者、男・推定50歳）

～そこに何があったのか？　永遠の謎となった感動の御言葉～

〔御言葉その3〕新しい線引き。

人はそれぞれ、体内に自分自身の基準を測るメーターを持っている。

法律も統一基準も当てはまらない、その人だけのレンジとレッドゾーンがあるのだ。

つまり、自分が普通とか当たり前と思っていることが、他の人にとっては全然普通じゃないという事があるとゆうことだ。

とにかく、この世はそんな事ばかりある。しかし、そんな基準のブレを逆手に取った、ねぶたい女というのには呆れる限りだ。

例えば、「今までに浮気したことある？」なんてことを、ボクはよく尋ねるのだけど、そーゆー女は決まってこう言うね。

「浮気って、どこまでが浮気なのかなァ……」

ハァ？　である。グー、グー、グー。ねぶたいねぶたい。マスター、こちらのお嬢さんにお水あげてくれる？　である。

誰が他人のアンタに、心の話を聞きたいのか？

浮気といえば、肉の話に決まっておる。それはいくら基準が様々であっても万国共通、クイズそこが知りたいのだ。

こんなシラばっくれた態度、取り調べ中の犯罪者ならば、思いっきり顔面に電気スタンドの光を押し当てられるだろう。

こちらのシラけ具合を察した女は、次にこんな事も言ったりする。しかも自信満々に。

「でも、最後まではいってないよ」

もし、この現場に血の気の多い若手の刑事がいたら、この女の胸ぐらをつかんで怒鳴るだろう。

「キサマ!! 殺さなけりゃ、何してもいいって訳じゃねえぞ!!」

キスだけだからとか、ペッティングだけだからとか、そんな言いぐさに何の価値があるだろう。いや、中途半端な方が余計に悪い。この世界もオール・オア・ナッシング。何にもないなら本当に何もしないか、ちょっとでも肉に触れるならばそれはもう最後まで、完パケで納品するか、どっちかでしかないのだ。


新しい基準の提案における究極の言い訳。

友人のUはMから、ある女子を紹介してほしいと頼まれていた。その女子はボクたち仲間

やッてないから。
なんで!?
やッてないから。

うちでもカワイイと人気の、たとえるなら、りょうに似たスレンダーな女子だった。

Mはかなり真剣に思っているようで、彼女と一番親しかったUに何度もその気持ちを訴えていた。UもそんなMの甘酸っぱい態度に打たれたか、なんとかセッティングしてやろうということになったらしい。

しかし、その日を待ちこがれるMの期待とは裏腹に、Uはなかなかりょうと M を会わせようとはしなかった。それだけならともかく、近頃、Uとりょうが一緒によくいるとか、飲み屋で見かけたとかの情報が各所の事情通から集まってきた。

Uは元々、デタラメな男。その頃も薬物依存症の状態で自宅のカーペットの毛に埋まっているハナクソやティッシュの破片までも、チョコ（樹脂）に見えるらしく「もったいない」と言いながら燃やして吸っているような奴だった。Uは今まで2kgはハナクソを吸っているだろう。

結局、Mの頼みがキッカケとなって、Uはその女子と親交を深めるハメになり、デキてしまったという、いかにもアリそうなサゲでこの話はオチがついたのだけど、その後にMとUが会った時に、Uが言ったセリフは、そのへんの言い訳とは一線を画していたのだ。

「ひでぇよ、オマエ。あんだけ気ィ持たしといて、そんで自分がヤッちゃってよォ!!」

カッコ悪い役回りを承知の上でMが言った。Uもさすがに悪いと思っているようだが、こーゆー場合、あやまっても何が解決するワケでもなく、Uはとぼけ始めた。

「オレはヤッてねぇよ」

「ヤッてるに決まってんじゃんか!!」

Mはみじめだった。しかし、Uは続けた。

「中で出してないから、ヤッてない」

新しい基準だった。一般に最後までと言われる行為はSEX、挿入の意味と思われているが、Uの場合はそこまではまだセーフなのだった。それ以来、ボクらの仲間うちでは中で出さない限りはヤッてないとされている。

No inside ejaculation, no sex.

〝御言葉〟その三

「中で出してないから、ヤッてない」

（当時無職、薬物依存症の男・26歳）

～童貞の人数激増。ヤルという行為の新基準を作った男の名言～

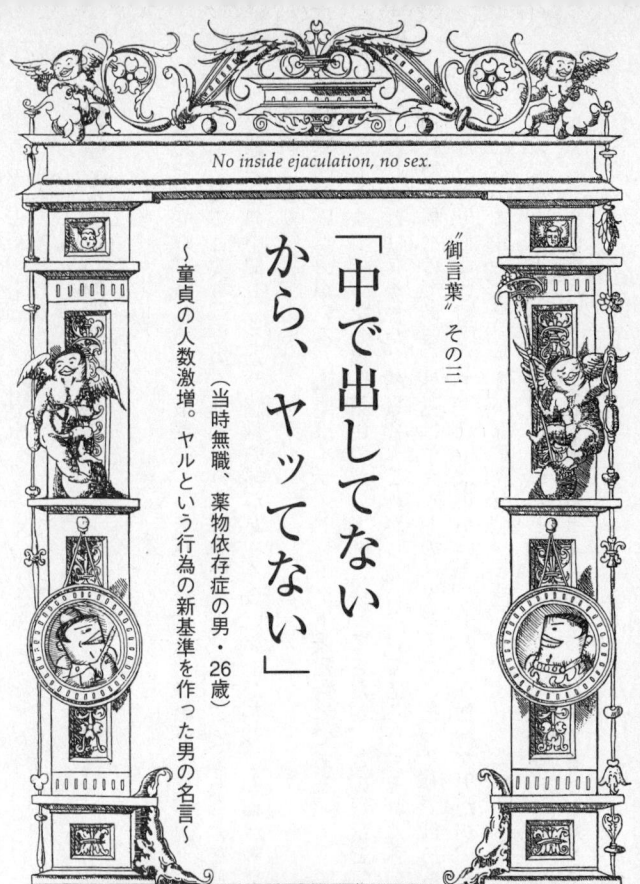

〔御言葉その4〕 独特な男。

ここで何度も言われていくように、人それぞれにセーフのラインが違う。あの人にとってはセーフなことでも、この人にしてみれば完全にアウトなこともあるのだ。普通の人の中でも、そんな感覚の幅があるくらいなのだから、これが異常者の話ともなると問題はより複雑である。

都築潤という男がいる。職業はイラストレーター兼変質者である。ボクも今までに、たいがい気色の悪い人間に会ってきたが、この男ほど気色の悪い生物に巡り合うことはなかった。そして、これから先もないであろう。それくらいに異常で痛快で一種独特な男なのである。外見はヤクルトのペタジーニにそっくりではある。ペタジーニは友だちのお母さんと結婚して、息子は年がいっこ上という独特な男だが、そのエピソードよりもはるかに独特な男、それが都築潤だ。

そんな男とボクは以前、同居していたという恥ずかしい過去を持っているのだが、それだけに、この男の奇行について記すとなると本10冊くらいにわたるほど知っている。例えば、万事こんな調子であるのだ。

冬のある日。都築潤は部屋に閉じこもっていた。ボクが何度呼んでも出てこない。やっとドアを開けた都築はパンツ一丁でなにやら照れ臭そうな顔をしていた。

「何やってたんだ。言え!!」

「みんなやってることだけど……」

「だから、何やってたんだよ」

「あー。冬は寒いでしょ。だからハダカになって、ドライヤーでチンコを温めてたんだけどォ」

作り話では考えられないくらいに気色が悪く、くだらない。なぜハダカなんだ!? そんな質問はこの男にとって、まるで無意味である。それが、都築潤だ。

異常者の衛生観念。

ところが、この男。意外とキレイ好きだったりする。一緒に住んでいた時も、ボクが部屋を散らかすとイチイチうるさかった。日曜日、ユーミンを聴きながら掃除をするのが彼のお気に入りだ。

無論、その時もパンツ一丁である。

汚なくないもん。

家に帰ってくると、まず着替える。そして、パンツもはき替える。キレイ好きなのだ。しかし、いつも家ではき替えるパンツは洗ってもいない同じパンツ（家用）で、「それは汚いんじゃないか？」と尋ねると、「外に出てないから汚くないモン」と、返す言葉も見当たらない返事をする男、それが潤だ。

こんな風に、この男の衛生観念には、たぶん本人だけにしか分からない線引きがあって、というか元来、変質者であるからして、その基準を理解する必要もないのだけど、この時ばかりは、さすがに絶句すること山の如《ごと》しであった。

マクドナルドである。潤はチキンナゲットが好物らしく、その日も特製ソース期間中ということでナゲットを購入し、席に着いた。

小さなアルミ袋からソースをひねり出し、プラスチックの小皿にそれを入れる。うれしそうである。そして、ナゲットにソースを付けようとしたその時だった。ソースの入った小皿を床に落としてしまったのだ。

「あーっ」

情けない声を出して都築潤は、床にビチャンとこぼれたソースを見つめていた。

〝しょうがねぇなあ〟。ボクらがそう思うやいなや（ａｓ　ｓｏｏｎ　ａｓ）、都築潤は片手にナゲットをつまみ、体勢を低く落としたと同時に獲物を狙う鷹のようなスピードで、床に落ちたソースに向かって、ナゲットをコスりつけたのである。

「うわっ!! 汚ねぇよ、バカ!!」

誰ともなく、そう叫んだ。しかし、都築潤はナゲットを口にほおばりながら言うのだった。

「だって、上の方だけだもん。汚くないでしょ、上の方は」

ちょっと待て。そーゆー液状のモノの上と下の境とは一体、どこにあるんだ!? それよりも、今、オマエがコスったソースの中央から床が見えてる。つまり、下まで到達しとるということじゃないのか? 3秒以内なら大丈夫とか、そんな次元をはるかに超えた都築潤の〝上の方だから大丈夫〟。

わざわざ汚いパンツにはき替えて、チンコをドライヤーで温め、床に落ちたソースをコスり、浣腸を打ちながら絵を描く男。

それが都築潤である。

Because, it's not floor.

〝御言葉〟その四

「だって、上の方だけだもん」

（中年イラストレーター、オカマ・35歳）

～異常感覚な御言葉～

〔御言葉その5〕やっぱり独特な男。

前回、都築潤という男のエピソードを記したところ、様々な方々から「そんな気色の悪い人類がいるハズない！　あれは作り話だろう」と言われました。

分かります、その気持ち。信じられないというより、信じたくないという心境が。しかし、人間というモノに上下はなくても左右はあるのです。そんな一種独特な人間もこの世に生き、暮らしているという戦慄の事実。その現実の中でみなさんが一個の人間として、そしてまた、その尊厳を守るため、都築潤を否定したい気持ちは痛い程分かる。ですが目をそむけてはイケナイと思うのです。そして、こういう人間が存在するというリアルをまず受け止めることが、あなたが平和に暮らすための知恵でもあるのです。

というワケで、今回も都築潤の数ある奇行談の中から、ひとつ紹介したいと思います。前回の床に落ちたソース程度で驚いた方は、もうこれ以上読まない方が良いかもしれない。今回はもっとショッキングな話だからです。

その日、ボクと都築潤は、あるひなびた喫茶店にいた。

「ハァ。アタシちょっとお腹《なか》がすいちゃったんだけどォ？」

活字というのは本当にもどかしい。この男の宇宙規模で気色の悪いイントネーションがお伝えできないことに今、たいそう憤りを感じています。


異常者の問題点は別の場所にある。


都築潤は、ひなびた喫茶のベタついたメニューを眺めながら小首をかしげ、長考した後、店主にミックスサンドを所望した。

「ミックスサンドって何が入ってんのかしらねェ？」

「知らねえよ、そんなの」

ボクが新聞を読んでいる間にミックスサンドは到着し、早速、都築潤はそれをパクついていた。

「タマゴと、キュウリと、ハムとトマトでした——」

ボクは例によって無視して、新聞を読み続ける。すると、その時、都築潤がどうにも奇妙な声をあげてうなった。

「あぁぁ——？　コレなに？」

都築潤は一片のサンドイッチの断面をボクに突き出して見せた。

ゴキサンド

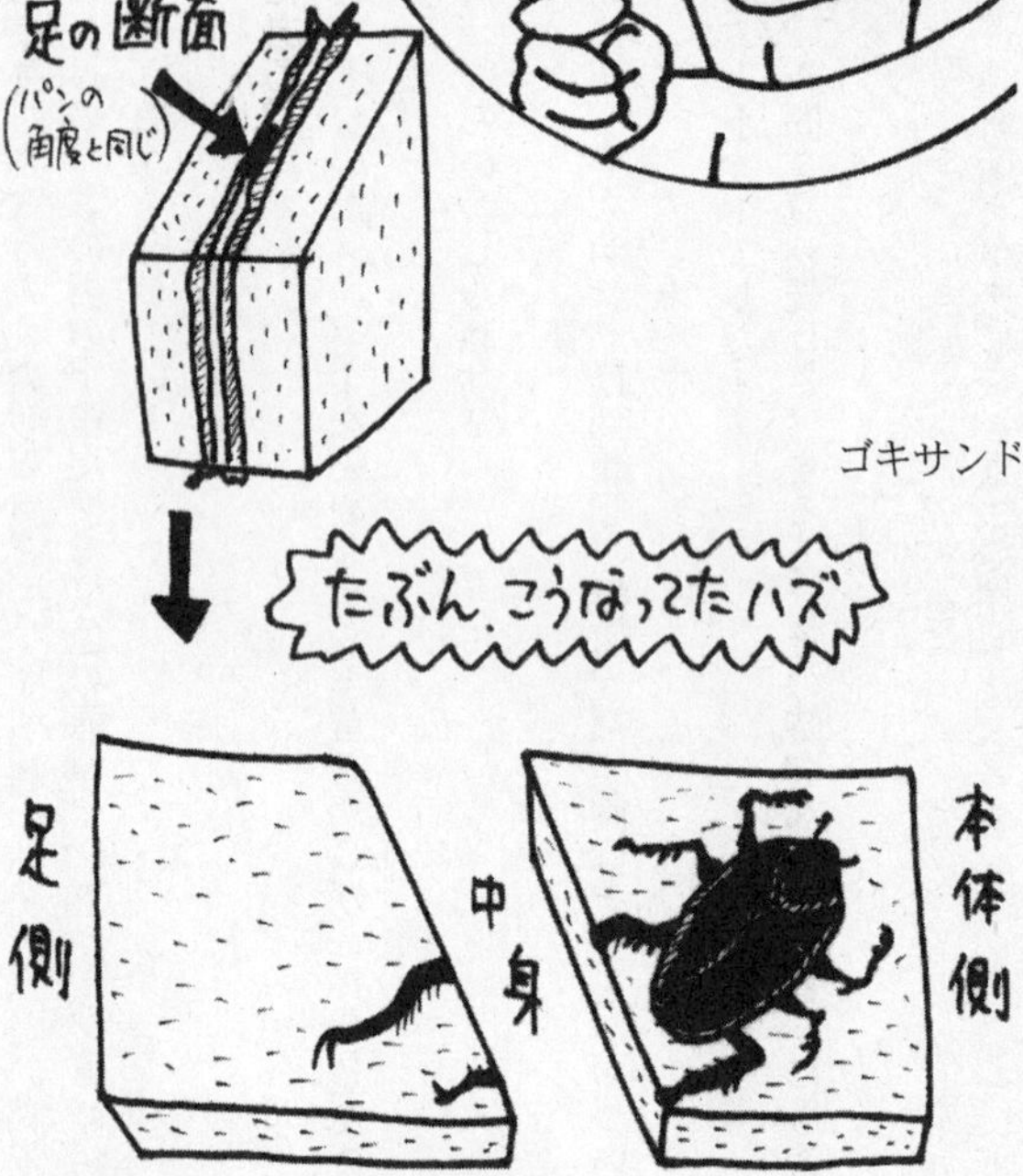

ゴキサンド

「何？　どうしたの？　騒ぐなよ喫茶店で!!　まったく、いちいちウルセェなぁ、もう!!　サンドイッチがどうしたっ……って!!　コレなに!?」

ボクも思わず驚いた。なんと、サンドイッチの断面からゴキブリの足が伸びているではないか!!　そして、パンと同じ角度でその足はカットされていた。

「コレ、ゴキブリの足でしょ？」さすがの都築潤もひきつった表情で、それを見据えていた。

ボクは慌てて残りのサンドイッチを見た。この足入りと以前に長方形を成していた相方のサンドイッチを探したのである。この台形のサンドイッチの片方。つまり、ゴキブリの胴体の部分が間違いなく混入されていたであろう、台形の片方を探していたのだが。

「食べちゃったけど……」

「味で分かんねぇのか!?　食感とか？　ゴキブリ本体だぞ!?」

「だってゴキブリ食べたことなかったんだもん」

「サンドイッチはあるだろ!!」

とにかく、コレはいくら都築潤相手といえどヒドイ。ボクは店主にクレームをつけるよう促した。

「ちょっと、文句言ってくるよ、アタシ!!」都築潤も徐々に事態を把握したようで、怒りをあらわにしていた。そして、足入りのサンドを持って厨房へと入っていく。

3、4分経った頃、都築潤がまた1個のサンドイッチを持って帰ってきた。
「何て言ってた？　オヤジは？」

「文句言ったよ!!　そしたら、『あっ、どうもすみません』って、新しいの1個作ってくれたよー。ホラ、コレは中に入ってないでしょ」

「そーゆー問題か!!　バカ!!」

都築潤は新しく作ってもらったたった1個のサンドイッチを食べながら納得していた。

「もうちょっとで、損するところだったよォ」

問題はそんなことじゃない。しかし、それをこの男に、それ以上追及することに何の意味がある？　ある意味幸せな男。そして、それを食っても死なない男。ボクはまた新聞を読み始めた。

Phew! I nearly suffer a loss.

〃御言葉〃その五

「もうちょっとで損するところだったよォ」

（変態イラストレーター、都築潤・35歳）

〜ゴキブリサンドを食っての御言葉〜

〔御言葉その6〕愛と興奮の果てに。

人は精神のテンションが、ある一線を超えた所まで達すると異常な行動に出るものである。

普段は、そこまでパンパンに張らないよう、理性というリミッターがかかるようにできているのだが、その理性さえもオーバードライブしてしまうような精神状態に陥った時、そこから噴出される熱気とリビドーを最燃焼させて、行動にターボがかかる。

この状態を一般に「発狂した」または「壊れた」などと呼びます。

ボクの同級生も修学旅行の時、京都に着いた途端、突然大声を出して金閣寺方面に走り出してしまい、そのまま帰ってきませんでした。脳が振り切っちゃったんでしょう。その後、学校にも来なくなりました。そんなに、うれしかったんでしょうかね。彼がまだ発見されてないとしたら、もう今頃は地球を3周ぐらいしているハズです。

しかし、そんな常軌を逸した行動が常に悪い結果を生むとは限りません。こと女子に関してはそんなテンションをお気に召す場合も多い。

例えば、ドラマ『101回目のプロポーズ』の中、求愛を続ける武田鉄矢が、走るトラックの前に飛び出して立ちふさがるというシーンがありました。間一髪ブレーキをかけたトラック。そして武田鉄矢は叫びます。

「ボクは死にましぇん!!　幸せにしますから!!」それを見た浅野温子が思わずコロッといくという話でした。だけども、実際にコレをやると、まず死にます。よしんば助かったにしても、怒り狂ったトラックの運ちゃんに殴り殺されます。どっちにしても死にます。

これはいかにもドラマならではの物語ですが、女子がそーゆうストレートでクサめの発狂に弱いという点においてだけは現実です。

しかし、相手の男がチカンだった場合はどうでしょうか……?

101回目のケツを触った男の告白。

女子高生のA子はいつも通学途中の電車の中で、同じオジサンにチカンをされていた。中年で小柄な男。そっと背後に回り込んできてはケツを撫でるのです。

A子は気の弱い性格で、なかなか抵抗することができませんでした。しかし、それにツケ込んだオヤジの攻撃は回を増すごとに大胆になってゆき、スカートの上からだったのが、パンツの上になり、そして遂には……。

「その日の彼って、とっても大胆。もう、鼻息がヤケドするくらい熱くて、指はパンツの横

しょっ!!しょっ!
しょっ!!しょっ!!
なっ?なっ?な?
しょっ!!しょ!!
ヒーッ!!
たっくる!!

からズンズン入って生ケツ直。さすがに私も体を動かして嫌がったんだけど、明らかに今までの彼とは違ってた。全然ヤメようともしないの。

そのうち指はパームボールの握り方で私の蜜壺を狙ってきた。気持ち悪いよりも怖くなった私。逃げなきゃと思って、止まった駅で走って降りたの。そしたら、オヤジもT1000型みたいにスゴい勢いで追いかけてきた。ホームで改めてそのオヤジを見ると、顔は真っ赤になってて、完全に目がイッてるの。そしたら、オヤジが私の手をつかんできた……怖いですねぇ。もう、この時のオヤジは京都の彼と同じ状態にあったんでしょうな。」

「そして、裏返った声で言うの。

『しょっ!!　しょっ!!　しょっ!!　しょっ!!　なっ!?　しょっ!!』

もう完全に狂ってるってカンジ。だから、私、言ったの。

『やめて下さい!!　なんですか!?』

って。そしたら、オヤジの奴、私の話なんか全然聞いてなくて……。

『オレはここでいいからっ!!』

『え!?　何言ってんですか!?』

『オレは、ここでいいからっ!!』

場所の問題じゃないでしょ。そのオジサン、変なんです……」

確かに場所の問題じゃない。しかも、朝っぱらの駅のホームですからな。すごい自分勝手。しかしそんだけやっときながら、相手に譲歩したような物言いをするという所が、このセリフの味です。

オレはここでいいから。聞いた途端、一瞬混乱する深みがある。

で、このオジサンはどうなったかというと、駅員に取り押さえられて連れていかれたそうです。

ドラマみたいにはイカんですな。

Here, sex, no, matter!!

〝御言葉〞その六

「オレはここでいいからっ!!」

（チカンの男・推定50歳）
～101回目のプロポーズの御言葉～

〔御言葉その7〕「もう死んでしまいたい時、人は……」

名言と言われるようなセリフは誰でもが、そうやすやすと口にするモノではない。

凡人よりは上、もしくは下。なかなか、普通の環境からは生まれにくい言葉、それが名言である。

しかし、凡人からでも名言を採集するチャンスがある。それは、彼らが「痛い目に遭った時」「ヒドい目に遭った時」「信じられないような目に遭った時」。要するに、不幸の絶頂にある時だ。

名言コレクターであるボクとしては、普段、疎遠にしている友人でも、風の噂で〝サギに遭った〟とか〝コテンパンにフラれた〟とかの情報を聞きつけるとシレッと電話したりして、メモ片手に。

まるで、戦争商人のように人の不幸につけ込んで、御言葉をモギとるのであった。

ところが、しみったれた人間というのはいかんせんノリがニューミュージック調になる。

普段、ヒップホップな奴でも、この時ばかりは血中ニューミュージック濃度が濃くなるようで、「やっぱり……。結ばれる運命じゃなかったんだな」とか「でも、アイツが幸せになってくれれば、それでいいと思ってるんだ」なんてことを言い出す。

せっかく、名言を採集しようと思ってワクワクしながら飲み屋に呼び出したものの、寒いセリフの乱れ打ちで、名言を頂く前にこちらが凍死してしまう場合も多い。

やはり、あまりにも滅入ってしまっている奴は傾向として、名言発言率が低いようだ。滅入っているにしても、まだ相手に対して憤っているぐらいの方がいい。女に対する愛がありあまり過ぎて、それが不完全燃焼を起こし、体中に一酸化炭素が充満しているような状態。ネガティヴなパワーが鎌首をもたげているような精神状態の時こそ、名言的にはいい塩梅《あんばい》だ。

歴史的に見ても、そんな女に対するネガティヴアプローチの発言は数多い。

〝女がいなかったら、男は神のように生きていくだろう〟（トーマス・デッカー、劇作家）

〝女を信用する男は、盗人を信用する手合いである〟（ヘシオドス、叙事詩人）

また、これらを見ても分かるように人間はネガティヴな時の方が説得力のある言葉をはくものだ。

Ｋは昔からの友人だが、こんなＫの顔を見たことは初めてだった。ボクらの仲間うちはいい加減なダメ人間の集団だが、このＫに限ってはマジメで爽やかな男である。

しかし、マジメな人間がそんなだらしない人間の中にポツンといると、その寒いギャグ等

なんで
ヌルヌル
してんのかね…
ぷっ…
なんで
ヌルヌル
してんのかね…
ぷっ…
なんで
ヌルヌル
してんのかね…
ぷっ…
なんで
ヌルヌル
してんのかね…
ぷっ…
なんで
ヌルヌル
してんのかね…
ぷっ…
なんで
ヌルヌル
してんのかね…
ぷっ…
なんで
ヌルヌル
してんのかね…
ぷっ…
なんで
ヌルヌル
してんのかね…
ぷっ…
なんで
ヌルヌル
してんのかね…
ぷっ…
なんで
ヌルヌル
してんのかね…
ぷっ…
なんで
ヌルヌル
してんのかね…
ぷっ…
なんで
ヌルヌル
してんのかね…
ぷっ…
なんで
ヌルヌル
してんのかね…
ぷっ…
なんで
ヌルヌル
してんのかね…
ぷっ…
なんで
ヌルヌル
してんのかね…
ぷっ…

からことごとくバカにされ、いわれのない扱いを受けることも多い。そしてそんな奴ほど、ダメな女に引っ掛かるという、世の中の因果である。

最低の女にフラれた男は虚空を見つめて呟いた。

Kの彼女というのがこれがまたヒドい女で、ヤリマンと呼ぶには他のヤリマンに悪い。ナイフみたいに尖《とが》っては、触る者みなSEXするような女である。

そのクセ、Kとは婚約をしていて、婚約してる間もずーっと他のオジサンや会社の同僚とも刺していて、それをボクらはみんな知っていた。唯一、知らないのはKである。もう、ここまでくると誰も教える勇気すらなかったのである。

しかし、Kはそんな女に結婚3ヵ月前にフラれた。そして、その後、彼女の様々な事実を知った。

下北沢のバーで放心状態になっているKの表情は、悲しみを通り越したアホの顔である。ボクと同席したTはその女とヤっていたものだから、所在なく飲んでいる。

「アイツはマジメ過ぎるところあるから……」。Kがポツリと言う。ボクとTは笑いを噛み殺す。

「そうだな」。TがいかにもテキトーにKのグラスにビールを注《つ》いだ。

Kの目から涙がこぼれた。〝うわー……〟エライことになってきた。ボクらはどんよりとした。しばらくの間、負の空気がたちこめた。そしてKはおもむろに「女ってさぁ……。なんかヌルヌルしてるよなぁ……」。そう涙声で言った。

はあ⁉ なんだか訳が分からないが、よく解る。それがKの今回学んだ結論だったのだろう。言い得て妙なその表現。最悪の所から出てきた言葉だった。ボクとTは再び笑いを嚙み殺した。Kはまだ泣いていたが……。

Female is something clammy.

〝御言葉〟その七

「女ってさぁ……。
なんかヌルヌル
してるよなぁ……」

（最低の女にフラれた男、当時30歳・会社員）

〜マジメな男が涙ながらに語った意味不明かつ明確な御言葉〜

〔御言葉その8〕「ためらうことを知らない男」

大切なことなんだけど、意外とやってないことがある。

〝よーく、考えてみる〟ことだ。

とにかく、考えてないね。冷静になってじっくり考えると、もうどーかと思うような事をしながらみんな暮らしているのではなかろうか？

例えば、みんな、チンコ吸ったり、アヌスなめたりしてるじゃん。じゃん、って急になれなれしくする必要はないんだけど、アレね。

アレは、よーく考えてみたら、ものスゴいことしてるな、マジで。普通するかね、そんな事？　ハッキリ言って汚いよ。なんのクッションもないけど、汚いです。ホントに。こうやって文字にしてると本格的に汚いな、オイ。オエー。ようやるな、オレも、しかし。

怒鳴りたくなるね、なんだか。

「オイ!!　何やってんだ!?　よく考えてみろ!!　バカ!!」

返す言葉もないですな。そー言われたら。あーゆーのは、場の雰囲気というか、興が乗るというか。恐ろしいモンですな、ムードという奴は。小学生の時に、こんな事してんのがバレたら、まず仲間はずれに遭うでしょうね。正しいですな、小学生の判断は。そのためで、大人の世界ともなると、そー考えてばっかりじゃやっとれんこともある。そのために「見る前にとべ!!」とか「急いで口で吸え!!」なんちゅー名言もあるワケで。

まあ、それにしても、もうちょっとは考えんとイカン時があるもんですよ。世の中には。


大ざっぱな男・カズ君。初めて、よーく考えるの巻。


友人のカズ君は男っぷりのいい奴で、どーゆー風に男前かというと、昼間に入ったルノアールのウェイトレスを、その場でくどいてバイトを早退させ、ホテルに連れ込んだり、明日が会社であろうとも、千葉の松戸から東京まで、夜中の1時にバイクで（時速180㎞）麻雀しに来るという豪快くん。

そんなカズ君には何年も前からつき合ってる彼女がいて、どうやら、この彼女のことは本当に好きだったらしい。

しかし、このテの男というのはえてして、マヌケな所も多く、その彼女が他の男とヨロシクやってる事とかはまるで知らんかったりする。で、知らんもんだから婚約したりもするワケだ。しかし、さすがのカズ君も、そんな彼女の悪行を知る日がやってきた。

よーく考えてみたら

彼女の部屋にひとりいたカズ君が何気なく引いた引き出しの中からエロ写真やエロレターの数々を発見。普通、婚約者の部屋から、そんなアグレッシブなブツが出てきたら、どうだろう？　たいがいの男なら、まずボーゼンとして泣く者もいれば、狂う者もいるだろう。

しかし、カズ君。さすが、男っぷり千葉県1位だけある。それから、どうしたか。その写真を握りしめ、返す刀でバイク（ドゥカティ）にまたがり、彼女の実家へ一直線。親の前に娘のエロフォトをたたきつけて一喝。

「どーなってんだ！　アンタんとこの娘は!!」電光石火の攻撃でこの縁談は御破算となったのだった。

デタラメに強い男である。

で、この男の恐るべき所はこれからで、いくらなんでも少しはシオらしくしていればいいものを、その夜から数えて2週間後にカズ君は同じ会社の女と婚約した。

婚約である。他の人が何年も考えてやることを、カズ君はビデオ屋の会員になるような感覚でやる。

相手の女は前と違ってかなり、おとなしめの女らしく、カズ君は婚約を機にこの女から金を借りてアルファロメオ・ツインスパークを買った。もう、こうなるとほとんど結婚サギみたいなモンだが、それから3ヵ月ぐらい経った後、カズ君が麻雀の最中にさりげなく告白した。「オレ、婚約解消したよ」。またか!? ボクらは呆れたが仕方なく、その続きを聞くと、「よーく、考えてみたら、好きじゃないんだよねー」。

カズ君は無邪気にそう言った。考えるなよ、今さらそんなこと!! いや、よく考えてから婚約しろ!!

それに、何でオマエがそんな基本的な所で悩む必要があるのか?

とにかく、好きじゃないそうだ。今でもカズ君は、その女に車のローンを払っているらしい。

I thought it over and noticed.

〝御言葉〟その八

「よーく、考えてみたら好きじゃないんだよねー」

（男のツインスパーク、カズ君・当時30歳）

〜婚約解消直後の御言葉〜

〔御言葉その9〕「辞書にない男」

バクチも様々なモノをやり込めると最終的にはサイコロに戻るという。何の世界でも同じである。その道をやり込んでゆくと最後には一番シンプルな所へ、また辿り着くのだ。原点に戻るのである。

特にバクチの世界ではコクという言葉があり、シンプルな所にこそ真理と隣り合わせのコクが存在し、そのコクを楽しむようになる。

本物のプロはコクを知っているのだ。

そして、これは女子の世界にも同様である。女の美を探究してゆけばゆくほど、知らないうちに自分が低めのボールを振りにいっているのに気がつく。つい去年までは「言うても、せいぜい17歳までだよな。実際」とか言っていたのに、翌年には「15歳ちゅうてもねモノにもよるね、マジで」。こうなっている。

遂には「13歳!? アリですよ。アリ!!」恐ろしいモンである。ミイラ取りがミイラではなく乳児を発見するようなこの世界。気がつくと、超ワイルドピッチなワンバウンドのボールを振りにいくようなバッターになってしまう。ウチの俺に限って。そんな言葉は通用しない。やはり、女子の世界も年齢が下がり、オプションのなくなった所にコクがあるらしい。

黒澤明の『どですかでん』で姪を手ごめにした松村達雄が飲み屋のオヤジに「女はねえ40代も10代も、魔性だよーん」と語っていたが、もっと極めると40代の魔性はどーでもよくなるらしい。

しかし、これは誰に限ったことではなく、近年、日本全体のロリコン化は著しい。アイドルのデビューは小学生、中学生が当たり前になり、援助交際で中学生を買春したオッチャンは非道徳とは言われてもロリコンとは言われない。それが普通であり、気持ちも分かるからなのだ。かといって手を出してはイカンのだけど、その年齢の美を評価するのは自由であり、迫害されるべきではない。

そして、そんなボクもコクを理解できるようになっても、いまだに性的な意味では低めの球に色気は感じていないセミプロでもある。せめて、ここで止まりたい。そんな気持ちもある。いや、止まらなきゃ困る。だけど、世の中にはボクのレベルをはるかに超えた所で活動する天性のスラッガーもいるのだ。

たとえるなら松井である。松井がロリコンかどうかは知らんが、時々松井が見せる低めのフォーク、地面スレスレの球をすくい上げてホームランにするような、そんな技。江川に言

ちいさい子、チョ〜好き…
シューシュー
シュー
こえ〜。
L
かえる

わせると「辞書にないコース」。そう、「辞書にない女」をホームランにする強打者がいるモンである。やっぱ、この業界にも……。

地を這うボールをスタンドにたたき込む男。

M氏はボクの低め系の打撃コーチとでも言うか、色々と教えてくれんでもいい振り子打法を厳しく指導して下さる方である。

氏は前述したように天性のローボールヒッターだ。自宅のビデオ棚には『9歳のエチュード』『12歳のシンフォニー』『魅惑の8歳』等、アンビエントな趣味の作品が大量に並んでおり、そのダークフォースの吸引力は強力で、ボクたちはこの部屋をロリコン・デススター、氏をロリコン界のダース・ベイダー卿と呼んで敬意を表わしている。

ある日、ベイダー卿との勉強会においてボクは卿に質問をした。「卿にとっての8歳は、性的な対象ですか!?　ウス!」するとベイダー卿は、こうお答えになった。「モチロンだよ……シュー……」。

〝実際に手にかけたことは……?〟続けて尋ねたかったが、卿の洗ってなくて黒光りする髪を見ると怖くて口に出せなかった。しかし、卿はそんなボクの態度を察してか、優しくこうおっしゃった。

「リリーくん……。女はね、女になったら終わりなんですよ。シュー……」

女は生理が始まったら終わり!!　その逆は聞いたことはあるが、さすがというか、むしろ怖い!!

女のトップ・リーヴだけを吸い続ける男。ベイダー卿の見ているコクは、一体どんなコクなのだろう?

Menstruation ruins all.

〝御言葉〟　その九

「女はね、女になったら終わりなんですよ」

（ロリコン界のダース・ベイダー卿・41歳）

～シンプルな所に存在するコクを突きつめた男の結論～

〔御言葉その10〕「で、何なんだっけ？」

近頃、我が家では各界の紳士を招いて「寒いビデオ鑑賞会」、別名「下北ファンタスティック・ビデオ祭」という勉強会を催している。

それぞれの紳士が所有する、寒いビデオ作品を持ち寄り、最高級の緑茶を頂きながら、言葉を失い合うという貴族的な集《つど》いである。

そこで上映される作品は紳士独自の流通経路で入手されるため、店頭に並ぶことなどありえない代物であるからして、ここで、その内容を記すことはできないのだが、今回、グランプリに輝いた作品が『父と娘』という親子愛を過剰に描き過ぎた作品であったことだけ、お伝えしておこう。

で、この「下北ファンタスティック・ビデオ祭」には一般流通部門というジャンルもあって、ここではその話をすることにしよう。

エントリーNo.1は殺し屋ブーの異名を持つ紳士（どんな紳士なんだ）の所持品で、そのタイトルは『11』という作品である。

「お粗末ですが……」。そう言いながらブーはデッキにそれを入れた。

無論サッカーのビデオではない。そこに映し出された映像とは、どこだか分からないが、ただ漠然とアジアの風景が映っている。

しばらくすると、褐色の少女がひとりフレーム・インしてきては、延々、そこで踊り続けるという寒風吹きすさぶ作品であった。

最近、市川崑監督の『黒い十人の女』という旧作がオシャレな映画として再評価されているが、この作品はさしずめ『黒い十一歳の女』とでも呼ぶべきか。

とにかく、オシャレとは縁遠いことは言うまでもない。

上映後、言葉を失ったある紳士がブーに「あなたはこの映像で何か心に期するところがおありなんですか……？」と尋ねたところ、彼はそれを受けて「んー。顔がちょっとねぇ」ということになった。

顔の問題以前とは思うが、それ以上追及しないのが紳士協定だ。

そんな冷え込む中で一般流通部門のグランプリ・脚本賞・監督賞を総ナメにしたのがこの一本。『素人だまし撮り』という、企画自体はかなりベタな作品である。

〝この作品は諸般の事情により発売が中止された物だが、関係各位との交渉により漸《ようや》く発売された〟という注釈付き。漸く、の部分が前文を台無しにしていてオモシロい。結局、強引

オメエ!!
掃除すれよ!!
なんで
アタシが
掃除すんの
よ!バカ!!

なのである。

すごい、展開。

内容といえば、芸能界のスカウトと偽り、女性をＡＶの事務所へ連れて行き、そこでスケベなことをしてしまうという、有りがちなモノなのだけど、このビデオのスゴいのは、スケベな事が終わってからなのである。そしてまた、ＡＶのクセにそこからが長い。

出演はその女性と北関東のナマリのあるふたりの若者。そして、カメラを回す監督なのだが、スケベなことが一段落して、その女性が怒り出すところから物語は急転直下する。

無理矢理ワイセツな行為をされた女性が、フリチンで脱力している若者に向かって怒鳴り出す。

「アンタたち!! こんな事してタダで済むと思ってんの!!」

まぁ、もっともな怒りである。しかし、若者はティッシュや椅子の散乱した床を眺めているだけだ。

「訴えてやるからね!!」

女性の怒りは頂点に達していた。すると、その時。若者がポツリと言うのである。

「……。掃除、すれ……」

「えっ？」

女は聞き返した。

「掃除すれよ!! こんなん散らかして、どーすんだオメエは!!」

「何言ってんのアンタ!! 訴えるからね、本当に!!」

「そたら事どーでもええ!! 掃除すれよ!! オマエ!!」

「バカじゃないの!! 何でアタシが掃除しなきゃいけないのよ!!」

もっともな意見である。しかし、この後、延々とこの問答が続くのだ。陰惨な刑事事件から、誰が部屋を掃除するのかという低次元な話に問題は完全にすり替わる。

部屋を掃除しないと帰れないと言う若者に対し、遂には女性に「アンタたち先に帰ればいいでしょ。私はまだ居るから!!」とまで言わしめてしまうのだ。女性はすっかり掃除問題以前に何が起きたのかすら忘れきっていた。

恐るべし「掃除、すれ!!」である。

Do, the, room.

〝御言葉〟その十

「掃除、すれ!!」

（北関東出身とおぼしき青年AV男優）

〜キレイ好きとすり替えの御言葉〜

〔御言葉その11〕そう言われたものの案外なんにもない。

「なんかあったら、いつでも来い!!」

これが今回の名言である。

名言と言われてもピンとこない方もいるだろう。そう。世間で耳にするこのセリフの説得力はすでに、その意味すら失っている場合が多いからだ。彼女と別れ際の男がくやしまぎれに口にしたり、親友を見送りに来た駅のホームで動き出す列車の窓に、雰囲気で言ってしまったり。

とかく、無責任な環境、あるいはもう二度と会わないかもしれない相手に対して発しているのだ。

本当ならば、これほど言われて心強い言葉もない。しかし、実際に頼ってこられたその時になれば、「どうしよっか……?」とうろたえられるのがオチだ。

この言葉が説得力を持つために必要なものは、「信頼」と「絆」である。そして、そのふたつを紡ぐのに大切なのは時間でも愛でもない。熱いドラマなのである。

男たちの挽歌。

ボクの仕事場がある雑居ビルは築40年は経っていて、様々なインチキ業者と凶悪な市民たちが何十世帯もつめ込まれたこの建物には9人乗りのエレベーターが一基しかない。地下1階地上12階をナメクジ並みのスピードで上下するそれは、一度乗り過ごすと居眠りするほどに待つ。

住人たちは常にエレベーターホールの前では殺気立っているのである。

ある時。ボクはスタイリストのTと仕事場を出ようとしていた。先に靴を履いたTはいち早くエレベーターを呼びに向かった。仕事場は最上階にあるため、待ち時間はことのほかだ。先に出た者が降機ボタンをプッシュする。これが生活の中から生まれたウチのルールである。

そしてボクは口紅を塗り、ムダ毛をチェック、靴を磨いてカラオケを一曲。俳句をひねって、ストレッチ。つまり、モタモタしていた。

すると、エレベーターの方角からなにやら二色の絶叫が聞こえるではないか。

「リリーさーん。早く――!!」

「なにやってんだバカヤロー!! 早くしろよテメー! 殺すぞコラ!!」

穏やかではない。バカでもわかる緊迫感がヒシヒシと伝わってきた。ボクは走ってエレベ

ーターホールへ向かうと、エレベーターの中には冷や汗を流しながら開ボタンを押すTとその隣には、どー見ても尋常ではないスタイリングのオッサンが怒り狂ってボクを待っていた。

「なにやってんだオメー!!　急いでんだオレは!!　殺すぞコラ!!」

「どうもすみません……」

アポロキャップに江守徹系（エモラー）サングラス。サスペンダーにベルト。指輪、ブレスレットに菊模様のバッジ。すべて金、金、金である。そして顔には2、3日中に殴られましたというアザから、まだうっすらと血がにじんでいた。

穏やかではない。どんなバカでも分かる危険の香りが狭いエレベーターの中に充満した。

どうやら、オッサンは一階に行くつもりが間違って上りのエレベーターに乗ってしまったらしい。その上しばらくの間、ボク待ちをさせられていたのだ。これはもう一度あやまっといた方が身のためだ。

「すみませんでしたね。待たせちゃって」

「ああ。オレだってモノ分かりの悪い方じゃないんだ。いいよ」

そんなに悪い人じゃないようだ。我々は一階に向かって出発した。と思ったその時である。

「あ——っ!!　テメエが遅いから握りつぶしちゃったじゃねぇか!!」

またもオッサンが怒鳴り始めた。ボクに突き出した手のひらの上には、首のちぎれた虫の死体があった。

これまた穏やかではない。しかしその虫が何なのか、バカでは分からなかっただろう。

「アレ？　玉虫ですか？　玉虫だ。珍しいですねぇ。玉虫だぁ」

ボクが努めて無邪気に感動してみせるとオッサンの態度は豹変した。

「だろ!!　玉虫なんだよな。コレな、このあいだ中南米に行った時に持って帰ってきたんだよ。スゲェだろ。で、コレを駅前のペット屋に見せに行こうと思ったら、首もげちまったよ。どうすんだよ、コレ」

中南米から玉虫と一緒に何を持ち帰ったのかは聞かずもがなだけど、ボクを待ってる間に怒って握りつぶしたらしい。しかし、ここでも無邪気なボクを貫き通してみた。

「アロンアルファでひっつきますよ」

「おっ？　そう？　ひっつくか？」

そんなに悪い人じゃないようだ。

エレベーターがダラダラと一階へ下がる間、ボクとTは欲しくもない玉虫のバラバラ死体をうらやましそうに見つめて、オッサンを喜ばせた。

やっとエレベーターが一階に到着。オッサンは「じゃあな」と言って玉虫をペット屋に見せに向かった。

その後を追うようにTがオッサンに声を掛ける。「オジサン！　ちょっと待って……」。サスペンダーだった。オッサンのサスペンダーの背中がねじれていたのだ。Tはスタイリストの性か、思わず駆け寄り、オッサンのサスペンダーをお直ししてあげたのだ。

オッサンはとても喜んで、少し照れ臭そうに「おお。ありがとう」と言ってボクらの方へ向き直った。

「オマエら、いい奴だな!!　オレは○○号室の右翼のオジサンだ!!　なんかあったら、いつでも来い!!」

かなり、いい人のようだ。〝なんかあったら、いつでも行きます〟。そう思いながら手を振るオッサン改め、右翼のオジサンを見送った。

昆虫の知識とスタイリストの手についた職が身を助けた上に、右翼の後ろ楯まで手に入れたのである。男同士の信頼と絆はこうして結ばれたのだった。

In emergency, I'm always here.

〝御言葉〟その十一

「なんかあったら、いつでも来い!!」

（右翼のオジサン・推定50歳）

～男同士の信頼と絆を分かち合っての御言葉～

〔御言葉その12〕どんな男もやはり、その時は……。

男と女のどちらが悪質な人種かといえば、それはもう圧倒的に18ゲームくらい離して女の優勝である。

それは、普段の生活の中からしてすでに悪質だ。

男の会話。男は子供の頃から死ぬまで、年齢を問わずして「ウンコ」と「チンコ」の話が大好きである。いや、むしろウンコとチンコ以外の話を話す意味も価値もない。男がこれ以外の話をしかけようとする時は心にどこかやましいところがあるか、圧力鍋を売りつけようとしているか、まず、どちらかである。

とにかく、ウンコとチンコの話をしている男の顔にこそ〝少年の瞳〟と呼ぶべき無垢な輝きがあるのだ。

そして、これらの発言などから男は、自分たちはウンコとチンコに接して生きている人間であることを普段から公表して生きているワケだ。

ところが、女はどうだろう？　男が先日駅で見た極彩色のゲロの話や、酔っぱらってウンコを漏らした時の自らを切り売りするようなエピソードを紹介しているというのに、彼女たちはところ構わずこうである。

〝アロマテラピーの話〟

〝かわいい雑貨屋さんの話〟

〝プリンス・エドワード島の話〟

〝手作りクッキーと紅茶について〟

別にいいんだが、こーゆうところに誠意がないというか、つまり悪質だと言われても仕方のない虚飾の構造があるのだ。

女はこのようにして、自分はウンコとチンコの星とは遠い所にあるのだというスタイルを貫く。しかし、それは表層の問題であって、その実はどっぷりとその星の人である。

それは、まるでサラリーマンのカッコをしたヤクザのように悪質だ。

だから、こと失恋とか浮気とかの問題に直面した時には、男のほうが女の数倍傷つくのである。

いつも自分の隣で甘酸っぱい言動を繰り返してきた彼女が、どこぞの男のチンコを吸いましたと聞かされれば、その日常との飛距離に衝撃は深い。

男の失恋はそんな意味でも悲惨だ。失うのは彼女だけではなく、甘酸っぱい虚構を見てきた自分への自信、人間への信頼、この世に抱いた理想が大規模な範囲で崩れ落ちてゆく。夢も恥毛もない、そんな薄っぺらなジョークが風に吹かれてビルの谷間に消えてゆく。

男心のイルミネーション。

ミュージシャンのAが彼女と別れた数時間後、ボクはAと会っていた。Aは本来、ロックミュージシャンが持つべき繊細さと憤りを持った男である。繊細であるが故、時には自虐的に、また自暴自棄に振る舞う、まことにもってロックの分かる感性を持つ、今どき希有な男だ。

どんな別れ方をしたのかを尋ねるまでもなく、会った時からAは悲しみを超えた怒りのインストゥルメンタルを体中から奏でていた。これがステージの上ならば、キース・リチャーズやシド・ビシャスのようにノリに便乗して客の頭を楽器でカチ割ってウサ晴らしをするところだが、いかんせん、その場所はクリスマスのイルミネーションが輝く表参道だった。

また、男という者はそんな状況にあっても女みたいに、さっき起きたことを友人にベラベラ喋って食って歌って忘れちゃえー！　男が何だ!!　ビバ青春！　みたいに見苦しいことのできない生き物で、こんな時でも友人に気を配りさりげなく装うものなのだ。そしてAは人一倍他人に気を遣う男。そこにあるのは、ただ重い空気とイルミネーションだけである。

Merry Christmas

Aの表情はかなりの深刻さを表わしていた。何かのキッカケがあれば素っ裸でマカレナを踊り出してしまいそうな、つまり発狂寸前の人間の顔だった。

分かる。私も以前、似たような状況に陥った時、風呂場でシャワーを浴びながら声を出して泣いたことがある。あんなトレンディードラマのワンシーンみたいなことが平気でできるということは、つまり狂っているということで、行為自体の寒さも気づかない。恐ろしい状態だ。

Aと私はイルミネーションを見上げながら何も言葉は交わさなかった。

しばらく経った時、Aは私のこの連載を思い出したのか、こんな事をポツリと言った。

「こんな時、なんか名言でも言えたらいいんですけどね……」「いや、気にしないでくれ。オレのことは、とりあえず」。マカレナ寸前にありながらも、友人の仕事のネタ出しに気を遣っているのである。男の失恋とは、こんな意味でも悲しみ深いものなのである。

If I could say something really smart ….

〃御言葉〃 その十二

「こんな時、なんか名言でも言えたらいいんですけどね……」

（ミュージシャンA・年齢不詳）

～失恋記念日での御言葉～

〔御言葉その13〕　わずか数ミリで、無罪。

世の中には「微妙な部分」という場所がある。

例えば、猫の肉球。縁側で昼寝をする猫。まるで無防備に体を横たえ、足の裏は太陽に向かってだらしなく投げ出されている。私はそれをそっと指先で触れてみた。〝ブニ〟。肉球。いったい何だ、コレ？　いるのか？　こんなの。〝ブニ、ブニ、ブニ〟。表面は少々角質化しているが、側面及び中身は異様に柔らかい。〝ブニ、ブニー〟。ひー。クセになる弾力。だいたい素足で外歩いてるにしては、いいのか、こんな柔らかくて。触ってるうちに頭がボーッとしてくる。ちょっと強くつまみたい衝動にかられた。

〝ブニ――!!〟おっ、さすがに目が覚めやがったな。薄目を開けて見てやがるな。ああ、でもまた睡魔が。今がチャンス!!〝ブニッー!!〟

いやー、たまらんね!!　なんなんだよコレ!?　ナイキもほっとかねぇぞ、そのうち出るぞ、「エアー肉球」。

もう、ひきちぎっちゃおうかな……。〝ブリブリッ!!〟あっ!!　コレは少し痛いんだな、

社長サンー。
ホーリツ、ダイジョブ
オカネ、アルカ?
I
Can't Speak
English.

やっぱり。ヤメロよって顔で見たろ、今、一瞬!!　オイ！　猫!!　ああ!!　そのクセ、やっぱり睡魔!!

「微妙だなー！　このへん!!」

とまあ、こんな具合だが、今回の話は猫の肉球とはあまり関係ない。

猫の肉球なら微妙で構わないにしても、法律という絶対的な場所にも微妙な部分が実は存在する。

例を挙げると、ソープランドは法律上、SEXをしてはいけないし、パチンコ店は換金してはいけないのである。しかし、実情はSEX有り〼、換金当然。結局、法に対するクッションさえ設ければ、売春にも賭博にもならず、暗黙の了解の上、いわゆる「必要悪」として成り立ってしまうのが社会なのだ。

世の中は微妙なバランスの上にある。そしてまた、それが微妙であればあるほど、好かんたらしいものだ。

そんなある日。ウチのポストに一枚のエロチラシが入っていた。ちなみにある編集者のE氏はイルカ観賞とエロチラシ収集が趣味という微妙なセンスの持ち主である。

そのチラシにはまず目を引く太字でこの一行が記されてあった。

〝アナルセックス専門店!!〟

日本橋や合羽橋にはいろんな専門店があるが、かつて、コレほどまでに面妖なムードをかもし出す専門店があっただろうか？

いや、ない。自分で答えるが、おそらく無いだろう。

メインビジュアルには褐色系の外人娘がブリーチしたウソ金髪でキーポン・スマイル&ピース。

専門店の女。かつて、コレほどまでにウンコが太そうなイメージを発散するモデルがいただろうか？

いや、これもないだろう。それ以前に、こんな非生産的な想像もない。

そして、その横にはこんなキャッチコピーが堂々と打たれてあった。

「当店はアナルセックス専門店です。売春ではありません。これは本番ではありません」と。

微妙だな——!! でも、本当にそうなのか？ いや、そうなんだろう。これだけイバってるワケだから法律的にはアナルは売春じゃないんだろう。

しかし、だからって何が言いたいんだ？ 法律の上でお客様には安心してお遊び頂けますってことか？

安心を提供する風俗？ 風俗のセキュリティーシステム。だけど、他の心配は増すだろう!? 専門店だけに。衛生面とか。従業員は辛いもの食べないとか。つーことはやっぱゴムか。ゴム、マストだな。ゴムだよ絶対……って行くつもりか俺？

それにしても、微妙なタッチというか、強引な物言いである。

以前、ここで「中で出してないから、ヤッてない」という名言を紹介したが、結局人間は法治国家で生活し、法を守りながら暮らしていても、最終的な判断はいつもコレだ。

〝俺が法律だ!!〟

その納得と自己完結で行動をとる。そして、常に他よりも強引なマイ法律を作った者が他者を圧倒する。

ちなみに、友人のMは数年前2週間のヨーロッパ観光をしたのをいいことに、人前ではしないクセにエレベーターで女子とふたりきりになると突然キスを迫り、「あいさつだよ」と言い訳をするらしいが、これは今回のマイ法律論とは全く異質のモノで、他国の習慣を悪用した単なる性犯罪であるからして警察は死刑にしても構わない。このあたりのタッチも微妙なところなのである。

〝御言葉〟その十三

「これは本番ではありません」

（作者不詳）

～エロチラシに見る微妙ボーダーラインの御言葉～

〔御言葉その14〕 またしても、独特な男。

この連載の中で唯一、2度の登場をした名言主がいる。一種独特イラストレーター都築潤その人である。担当編集者のSさんや、6人くらい存在する読者の方も、なぜか都築潤に興味があるらしく、もっと都築潤のことを書けとおっしゃる。

こういうのは対岸の火事のようなもので、向こう岸から変態を眺める分にはおかしいのだろうが、いざ知り合いになったら最後、思い出すだけで脳細胞がひとつずつ死んでゆくくらいのメモリー。それが都築潤だ。

しかし、こちとらもお客様商売。今回はリクエストにお応えして、都築潤第3弾!!「都築潤・帝国の逆襲」をお届け致しましょう。

世間には物事の問題点が分からない奴というのがいる。つまり、周囲から「バカ」と呼ばれる人種のことだ。

「オマエなんで誰とでもヤッちゃうんだよ!!」

ふー…。
バカ!!
そこ置くなよ!!
めろん

「でも、キスはしてないもん!!」

「そーゆーことじゃないだろー!!」

話しても無駄なのである。なにしろ、バカと呼ばれるからには相手がなんで怒ってるのか？　話されてる争点は何なのか？　さっぱり理解不可能な脳なのであるからして。

しかし、そんなバカにも限度というものがある。いや、あってほしいと願うのが人情だ。ところが、一般のバカと違い、都築潤ぐらいになるとその限度などない。バカの速度無制限道路。アホのアウトバーン。

それが、都築潤なのである。


九州寝台特急死体なき殺人事件。


数年前。都築潤が九州のカフェバーの壁面に絵を描く仕事を受注した。バブルの時代とは都築潤にそんな仕事をまかせるような無軌道な時代だったのである。

潤を介添えするためにボクも同行し、我々は夜行寝台に乗っていた。食堂車のビールで酩酊した潤は何を思ったか、突然絵を描くと言いだして寝台の上で絵の具をひろげたものの、早速、寝台の上に朱墨汁を1本こぼしてしまったのである。

「バカ!!　なにやってんだよ!!　ベッド、まっかっかじゃないか!!」

「し、しんだいさつじんじけん……」

「だまれ!! 大バカ!!」

このおかげで、ボクらは朝まで寝台に染み込んだ朱墨汁を吸い取る作業に追われていたのである。

〝先が思いやられる……〟。そう思った時にはすでに遅く、列車は九州のある県へと上陸していたのだった。

仕事をするバーはまだ建築中の状態で、非常灯しか点《つ》かないコンクリートむき出しのビルの3Fだった。

我々は徹夜で仕事をし、眠たくなったら梱包用のプチプチを敷いて寝る。時々、クライアントの方が差し入れを持ってきてくれる。それが唯一、外界と接触する機会だった。

作業が3日目の夜になったあたりから、都築潤の挙動が普段にも増して不審になる。コンクリートの上をナメクジのように這い回ったり、体中から臭い汗を流し始めた。実はこの男、拾い食いをするような鈍い感性のクセに便秘症で、旅行すると便秘になるという、意味のないナイーヴさを持ち合わせているのだ。

「もう、アタシ……ダメかもしれないわよ……」。もちろん、ボクは無視して作業を続ける。

そこに、クライアントの方が何か必要な物はないかとやってきた。潤はすぐさま挙手。

「あのー。浣腸をお願いします……」

クライアントは恐怖のあまりリアクションもなく、1時間後、おにぎりと洋食器に盛った大粒の巨峰と、イチジク浣腸を持って来て、早々に退散していった。

「じゃ、アタシ打ってくるわよ……」

そう言うと潤はイチジク浣腸を手に取り、便所に籠《こも》った。

まったく、することなすこと不気味な奴。ボクはブ然と作業を続けた。30分後。潤が脂ぎった笑顔で帰還。

「1本半くらい出たわよ……」

「報告しなくてよろしい!!」

休憩しよう。どうにも気分が悪い。ボクはさっきもらった巨峰の洋皿に手を伸ばす。大粒で張りのあるみずみずしい巨峰だ。このあたりは巨峰の産地。やっぱり本場モンは弾力が違う。この手に吸いつくような……ってコレなんだよ!!

なんと、巨峰の盛ってある洋皿の上に、さっきのイチジク浣腸がキチンとレイアウトしてあるではないか。

「バカ野郎!!　こんな所に置くな!!」

「だって半分しか使ってないもん」

「そーゆーことじゃないだろー!!」

「ちゃんとフタしてあるでしょー」

「そーゆーことじゃねえんだよ!!」

バカには何が問題とされているのか分からない。フタとかじゃなくて。

それが、都築潤である。

No problem. It's properly in order.

〃御言葉〃その十四

「ちゃんとフタしてあるでしょー」

（都築潤、イラストレーター・35歳）

～もう、どうにかしてほしい御言葉～

〔御言葉その15〕 行間を表現する男。

「戦わずして、勝つ!!」これは、武道家であり役者バカで知られる藤岡弘、の信念である。武術の鍛練をつむことにより、己から漂い出る気迫を身につける。相手はその気に恐れをなして、戦う前に逃げ出してしまう。

〝相手を生かして、なお勝ちを得る〟。これが藤岡流だ。地球に優しく、自分に厳しい戦術である。

もし、この気迫を氏が仮面ライダー時代に身につけていたら、変身の時の「るぁいだぁぁ～!!」の時点で相手が帰ってしまっていただろう。それではお話にならないので丁度良かったかもしれない。

何もしない。何も喋らない。これらは時として、最も強い意味を持つ場合が多いのも事実である。

雄弁家のキケロは「黙するは高き叫びである」と言い、哲人プルタルコスは「時を得た沈黙は英知であり、いかなる雄弁よりもまさる」という名言を残した。また、思想家のカーライルが「雄弁は銀であり、沈黙は金である」と言えば、モンテーニュは『随想録』の中で、「心にもないことばよりも、むしろ沈黙の方がどれだけ社交性を損なわないかもしれない」と語る。

聡明な人間ほど「沈黙」の意味を知り、アホは言わなきゃわからない。もっとアホは言ってもわからん。

「ていうかぁ、好きとかぁ、つき合おうとかぁ、ちゃんと口で言ってくれないとわかんないしぃ」

こういう低能の類は、言論を操ること自体が無理なのである。

「沈黙」。この人間の作り出す、そこはかとない行間。そこには常に無言の真実が織り込まれ、「わかれよ！　オマエ！」の訴えが秘められているのである。

沈黙の艦隊。

フリーライターのNは大学生の頃に中で出すような後先考えない男である。そして相手は御懐妊、故に学生結婚という、楽しくない家族計画で若き所帯持ちになった。

普通、こんな結婚をしてしまったら、大学を卒業後、安定した職に就いて家族を養おうと考えるのがセオリーであり、マナーでもある。しかし、いかんせんNの気分は中出しの分際

ドーン…
離婚
ひとでなし
若しらが
チビ
包茎
女グセ
経済力
子供
フリーライター
家帰らない
中出し
仕事遅い

でまだうわっついたままだった。

卒業したNは学生時代にアルバイトをしていた出版社にフリーライターとして潜り込んだのだ。非常識の極み。雑誌文化の産業廃棄物的思想である。そもそも、フリーライターといえば聞こえはいいが、何か刑事事件でも起こせば新聞に「無職」と記されるような職業である。仲のいい編集者が異動になれば来月からゴミ箱に顔を突っ込むような不安定感。

その上、かけ出しである。とても家庭を構えていいような状況ではない。それでもまだ、それなりに真面目ならなんとかなるかもしれなかった。だが、Nは原稿は遅い、経費の精算は遅い、社に来るのも遅ければ家に帰るのも遅い。早いのは合コンのセッティングと仮眠室へ行くスピードだけだった。

子供は成長と反比例してNの顔を忘れてゆく。育児の疲れと夫に対する不信感が蓄積してゆく妻。

結婚前はこんなNのことを〝天使のような人〟と発言したお嬢さん芸の妻も遅ればせながら、夫の愛情に不安を感じていた。ねじれてゆく家庭。壊れてゆく信頼。テンションの低い昼ドラのような生ぬるい痛み。

そんな不協和音が響き続けたある日。妻は帰らぬNを家族裁判に召喚した。久しぶりに家の扉を開けるとそこには、今にも泣き出しそうな妻。もう最初から泣いている子供。腕組みをして目を閉じる義理の父、そしてハンカチを握りしめた義理の母という最悪で鉄壁の布陣。すでに、この時点でNはチェック・メイトである。

未《いま》だかつて、これほど気の重い会議があっただろうか？　16tの酸素が音を立ててNの肺に飛び込んだ。

中央に正座させられたNの膝の上に、妻のクレームが江戸時代の拷問のように一枚一枚重くのしかかる。

仕事問題、女問題、経済問題。申し開きのできない質問の嵐。そして遂には妻は、シンプルかつ最も重要な問題をNに問いかけた。親同伴で。

「ねぇ、私の事、好きなの……⁉」

そして、Nは答えたのである。

「……。」無言の告白‼　答えなかったのではない。実に率直に答えているのである。この沈黙ですべては伝わり、そして終わった。

Nが今まで書いたどんな文章よりも、タイトでシャープなセリフであることは間違いないだろう。

“……”

〝御言葉〟その十五

「……。」

（家族裁判のN氏、フリーライター・28歳）

〜気持ちを込めた声なき御言葉〜

〔御言葉その16〕

生きているのが不思議な女。

人はみな、生まれてきた時から、なにかしらの因果を背負っている。単純なところでは、本人の選択肢もなく、貧乏な家に生まれてきたりブルジョワジーだったりするワケでそれは宿命として、どうすることもできないものだ。しかし、問題はそんな目に見える運命よりも、目に見えない運命。つまり、その人間の星なのだ。

なぜだか知らないが、つき合う男がいつもスカトロの女。どーゆーワケだかオヤジにばっかり言い寄られる女。本人はなぜかしらと首をひねっても、それには理由がある。

それが星だ。地球という大きな星の中に存在する目に見えないたくさんの小さな星。それぞれに、どこかの星の下に生きている。しかし自分が何星人なのか知る者は少ない。

スカトロの星、オヤジの星、不幸の星……。その星の人はその星の人と接触し、関係する。自分がいかに拒否しても無駄だ。スカトロの星の女が無農薬野菜の星の男とつき合うことは地球人が土星に移住するくらい難しい。白い宇宙船に乗った王子様が現われない限り……。

バイオレンスの星の女。

男が女に手を上げる。滅多にないことだ。しかし、A美にしてみればそれが日常のことであった。

A美19歳。小柄でチャーミングな顔立ちである。街を歩けば振り向かれるくらいの女子だろう。

しかし、ボクがその女子を目《ま》のあたりにした時、その尋常ではない負のパワーと血の臭いにただならぬ気配を感じた。ボクの中の自己防衛本能が警報を鳴らす。

〝ゴーション!!　ゴーション!!　ブー!　ブー!　ブー!!〟

ディズニーランドのスペースマウンテンが、坂を登る時のような音が頭の中で響いた。

半袖のTシャツの腕にはなにやら文字が見える。カタカナのようだが……。

「それ、何ですか？　入れ墨？」

「ああ、コレ、前につき合ってた彼氏から無理矢理カッターで彫られたんですよォ」

タカユキ。彫り込んだ部分に流したインクが青黒い。しかも、ヘタクソな字である。

「これ、胸とフトモモにもあるんです」。半年前に別れたらしいが、あと3年つき合ってたら耳なし芳一みたいに全身プリントにされていただろう。タカユキ。ハードな男である。

A美はその短い人生を述懐する。どーにもつき合う男すべてがA美に対して暴力を振るうらしい。しかもその暴力というのが、ハードというよりはもうマンガ的にすごいのだ。15の時の男には巴投げで投げられて、両肩を脱臼して足の中指も折れた。17の時には、橋の上から川に投げ捨てられたこともある。

この時はその後すぐ男が駆け寄ってきたので助けてくれるのかと思ったら、いきなり頭をつかまれて水の中にゴボゴボと沈められたらしい。

18の時のタカユキは浮気がバレたのが原因で先程の根性彫りを入れられた。

浮気する女には巴投げで、ヒモなしバンジージャンプで、根性彫り。この時代にこんな男らしい男たちもいたのかと、多少、溜飲《りゅういん》の下がる思いだが、するかね普通ここまで。

つき合う男がすべてR指定バイオレンスの男。A美は悲しいかなバイオレンス星の下に生まれてしまったのである。

さすがに、そんなA美もこのままじゃイカンと思ったらしく、マジメで暴力を振るわなさそうな男とつき合おうと思い、今つき合ってる彼はそんなオーディションテーマによって選ばれた。

「でも、このあいだケンカしちゃって……」A美が照れ臭そうに言う。

「で、やっぱり殴られたんですか」

ボクが尋ねると、A美は何も言わずに口を丸く開け、奥歯のあたりを指さした。奥歯の手前が2本ない。

「いやー、でもやっぱり、今の彼も普通じゃないですよ。女の子をグーで殴ったりしますかね？」

するとA美は平然と即答した。

「いいえ、木刀で」

「えー!? ぼくと——!?」

「木刀で顔を思いっきり。顔もまだ少し腫《は》れてて恥ずかしい。キャハ」

つーかね、アンタ!! なんだか知らないがボクまで殴りたくなった。

とにかく、今、生きているのが不思議な女。満身創痍、女子界の大仁田厚である。

「でも、今の彼氏は優しい方ですよ」

〝ゴーション!! ゴーション!!〟

この女だけはかかわり合っちゃイカン。防衛本能が絶叫した。

With a wooden sword.

〝御言葉〟その十六

「いいえ、木刀で」

（サービス業、女・19歳）

～慣れすぎてしまった女の御言葉～

〔御言葉その17〕 エロという名のサービス

人間は常にエロ話をしたがっている。

逆に言えば、エロ話こそが人間の会話の中でもっとも利害のないトークであり、心と心を結ぶ、暖のあるコミュニケーションなのである。

しかし、それが分かっていても、人々は年がら年中エロ話をしているワケではない。場合によっては、大人気もなく叱られたりすることもあるからだ。

それは、世の中に他人と心の会話をできない心の淋しい人間が多いからなのである。心の淋しい人間はエロ話を嫌う。

そして、そんな人間は他人からエロ話をされることがない。ココを勘違いしてはいけない。それは君が上品な人間だと思われているからなのではなく、他人に遠慮されているからなのだ。他人が心を開いてくれてないからなのである。

「いいオッパイしてんねぇ」という言葉よりも、「君の瞳はマンハッタンの夜景のように美しい」のほうに真実と誠実を感じるという人間。

我々人間研究家筋では、そんな人間こそを「下品な人間」「センスのない人間」と呼んでいる。

タクシー・トーク。

タクシーの運転手さんがエロ話の語り部であることは有名な話だが、そこは相手もプロ。客を見てネタを選び、語る。

今まで、一度もタクシーでエロ話を聞かされたことがないという男子は、少し自分の生き方を改めてみる必要があると言えるだろう。

ボクはタクシーでエロ話を聞く機会が多い。というよりは、相手もプロなら、こちらもプロ。プロ同士のかけ合いで、話はメーターが660円のうちには始まっている。プロ同士の間には余計な会話はない。贅肉のそぎ落とされたタイトな切り出しから話は始まる。

「この間、乗った車の運転手さんから、こんな話を聞いたんだけど……」

と、以前に仕込んである小エビ級のネタを振ってみると、筋のいい運ちゃんならば、秘蔵のネタで小エビに喰らいついてくるモノである。

「いやね、アタシらそーゆーのも多いから……」

不器用ですから…

クリスマスの日だったという。午前2時頃。渋谷を流していると東急本店の前で10代の女の子が手を挙げていた。ドアを開けると女は言う。

「助手席に乗ってもいいですか？」

来たな⁉ これはエロ客のパターンなのだという。助手席に乗った女はミニスカートのまま三角座りをして、東郷神社までと言った。こんな時間に神社？ あっという間に到着したが、女は人気のない所を探すように指示した。

「そしたらね、お客さん。女が急にパンツ下ろしてさぁ」。喋りの立つ運転手はパンツのディテールにも細かな構成をする。

女は運転手にビラビラを触れと言うのだと。

しかし、タクシー業界の掟では、このような場面に遭遇した時に車中で行為に及ぶことを禁じているらしい。この場合、相手の家かホテルへ行って事を起こさなければ、後々、問題になった時にマズいから。

「最初は勘弁してくれって、言ったんですよ。前にウチの同僚もコレ系でモメたことあったから」

煮え切らない運転手に業を煮やした女は、右手で運転手のギアをムキ始めて、食い出してしまった。

「もう、こうなっちゃったらアタシも辛抱できなくってねぇ。左手でアソコまさぐって。そしたら、もうビッショリですよ、お客さん!! なんでも、彼氏と別れたとかケンカしたとか、言ってましたけどね」

「へー。いい話っすねぇ。でも、いいんですか、そんな事しちゃって?」

運転手は、照れ臭そうに笑いながら、ルームミラー越しに言った。

「いや、本当はダメなんだけど。ホラ、アタシらサービス業でやってるもんでねぇ」

「タクシーってサービス業なんだっけ?」

「違いますかね?」

「ワハハハハハハ……」

小さなタクシーの中で暖のある笑い声が響く。

「じゃ、2740円だけど丁度でいいです」。運転手さんは40円まけてくれて手を振りながら去っていった。

お客様のためにするサービスの多様化。そして、それに対応できる懐の深い運転手の求められる時代である。

そんな話を聞いた帰り道。また乗った違うタクシーの運ちゃんに言う。

「さっき乗った車の運転手さんから聞いたんだけど……」

That's my pleasure.

〝御言葉〟 その十七

「アタシらサービス業でやってるもんでねぇ」

（タクシー運転手・推定50歳）

～過剰なサービスの後の御言葉～

〔御言葉その18〕ラブレター・フロム・自分

現代は女性の性意識がたいそう問題とされているらしい。

それはまず、女性が自らの性なり性器を自分のものとできてないことに原因はあるとされている。

例えば、自分のコマンを見るのも気持ち悪いとか、触るのも嫌だとか、そんな発言の端々にも、その兆候が見えているのだ。

いいじゃないか。自分のなんだから。そんなに嫌わなくたって。ボクは嫌いじゃないなぁ、うん。いや、むしろ好きだ!! あえて言うならば大スキ♡だ――!!

と、男がひとりで大声を出していても仕方がないので、もう少し難しい話を続けることにします。

現在、性行為の男女比は、ほぼ同じ数値になったそうで、つまり男も女も同じくらいSEXをしてるということです。しかし、性行為をアプローチしてるのは圧倒的に男側からのケースが多く、女性の性に対する主体性が乏しくなっているのです。

だから、ある一部の女子高生のような性を奔放に振る舞う女性が目立ってくるワケですね。

そして結局、多数の女性が男の欲望に迎合しながら、そうされてる自覚もないというのが問題の焦点ではないでしょうか。

異常だと指さされていた女子高生の方が正常で、指さしてる方が実は根本の部分で病んでるということ。

まあ、なんにしても人間はこの性の問題から逃れることはできないワケで、それを後ろ向きにならず、今日つまずいたら、ダッグアウトにひとり残って素振りをするような前のめりなマインドを持たなければ何も解決しないんですな。


窓辺に置きます。


数年前の夏。Nという女性がいた。知り合った時からNはどこかしら精神に異常を来《きた》しているらしかった。こんな具合に。

真夏の炎天下。ボクが家で高校野球を観ていた時だった。突然、ドアをたたく音。それを開けてみると立っていたのはNだった。たぶんその日は40℃近い真夏日。

Nは真っ赤なニットの長袖のワンピースを着て、コートも羽織っている。口紅も真っ赤だった。両手にはケンタッキーのパーティーバーレルを2つ持っている。ボクはひとり暮

[redacted]

[redacted]

らしなのに……。

「な、なに？ どーしたの……」

「チキン……食べたい人……？」

だしぬけに質問だった。それからNは家にあがってから泣いたり騒いだり、ひとくさり暴れた後にやっと落ち着いたらしく、チキンを10本たて続けに食い出してた。なんでヤッてもないオレん家《ち》で暴れるんだ？

その後、Nの話を聞いてみると、どうやらNも性に対する嫌悪感につまずいておかしくなってしまったということが分かった。人生第一回目のSEXが最悪の思い出だったらしい。

「オナニーしたら治るんじゃない？」

ボクは暑苦しいのでテキトーにアドリブで言ってみるとNは、そんなの気持ち悪くて絶対できないと、チキンを7本食った。

その後、Nは悪化して病院に入院することになる。ボクらにとっては些細なことでも、それが問題で入院する人もいるのだ。

Nが入院したと聞いてチキンを持ってお見舞に行った。すると、そんな脂っこいモノは食えないと言った。

なんなんだよ、コイツ。

Nの腕には自殺ではなく、自殺未遂するためのキズが3本アディダスのように刻まれていた。

「ねぇ。病院ってオマエみたいな患者にどんな治療すんの？」

ただの興味で聞いてみた。するとNは照れ臭そうに、こう答えるのだ。

「先生にオナニーしろって言われた」

「ほら、みろ!! なっ、なっ⁉」

アドリブが芯喰ったボクは得意気になる。

「そしてね……。自分のアソコにぃ……毎日、手紙を書きなさいって……」

手紙を書きなさい⁉ アソコに⁉ だせーっ!! 〝窓辺に置きます……手に取ってあぁキレイだと〟言うか⁉

「で、オマエ。自分のアソコに何て書いて出してんの？ って、だいたいどこに出すんだ⁉ 宛先は？」

「え……。なんか…… 〝こんにちは。私は元気です〟 みたいなヤツ……」

ひー!! 超カッコわりぃ——!!

「オレの言うこと聞いてたらオナニーだけで済んだのに、手紙まで書かなきゃいけないじゃんか。バカ」

「そうだよね、ホント……」

　その後、Nはアソコに何通も手紙を出して数ヵ月後に退院した。今ではアソコとも仲良しになれたらしい。

　〝手紙を書きなさい〟。なんて素敵な治療なんだ。ロマンチックにもほどがある。みんなも、アソコに手紙を書きたくなかったら、アソコをもっとかわいがってあげましょう。

Write HER.

〃御言葉〃その十八

「手紙を書きなさい」

（ある精神科医、男・50代）

～性を見つめた男、メルヒュンな御言葉～

〔御言葉その19〕　勝つと思うな、思えば負けよ。

近年の人間研究における大きな議題は「平凡」「日常」「一般」の解釈にある。

ボクはよく人様から「変わった人によく会ってらっしゃいますね」と言われるのだが、その変わった人と呼ばれる方々に実際会ってみると、決してそうではない。しかし、かといって、その人たちが「普通」だと思うに至るにも紆余曲折を要する。

やはり、どこか一種独特なのだ。だけども、問題はその「変わった人」と呼ばれてしまう人々よりも、そう呼ばれない人たちにあるのだ。

そう呼ばれない人たち。あえてその人たちを「普通の人」と呼ぶならば、その人たちの普通ぶりが基準なのである。一種独特な人を「変わってる人」と呼び、異常の寸尺を測るショートホープの箱がどの程度の大きさなのか？　それが線引きの基準だ。

人間研究の難解な点はその基準に属する「普通の人」ですら、掘り返せばひとクセもふたクセもあるというアズキ相場的な読みの難しさだ。

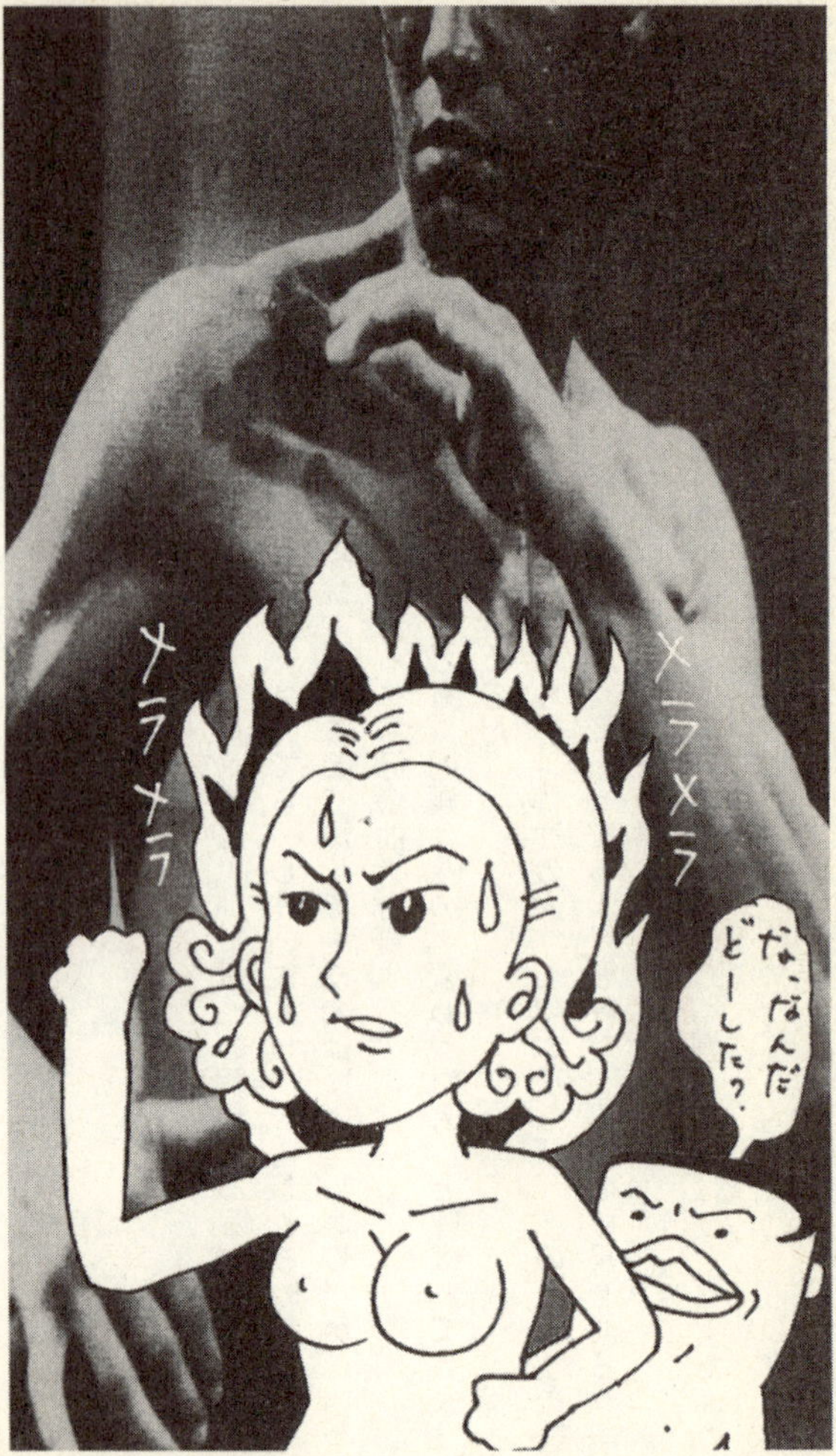
メラメラ
な、なんだどーしたっ?
メラメラ

日常の中の狂気。

A子、20歳。彼女はごく当たり前の人生を歩んできた。容姿も学力も平均的に平均的な学校へ進み、平均的な会社に就職をする。どちらかといえば消極的な性格で、競争心や射倖心《しゃこう》も持たずに穏やかに生きてきた。

特に刺激的な恋愛や事件を求めるでもなく、ありきたりな恋愛なら何度か経験した。同じ年の子と比べたら自分は経験が浅い方なのだろうと自ら認識していたが、別に多くを望むこともなかった。そして、恋愛にまつわる性的な行為においても、自分はさらに消極的であると知っていたし、解放されることもなかった。

19の頃。A子にごく平凡で真面目な彼氏ができた。会社の同僚だった。結婚も考えていた相手だという。

その彼とA子、そして友人のB子とその彼。2組の友人カップルが1泊2日で海へ遊びに行くことになる。無論、B子もその彼も、A子の友人というだけに、おとなしい性格の真面目なカップルだという。

日中は浜辺で遊んだが、A子もB子もビキニを着るほどの積極性はなく、地味な水着で波とたわむれる。

夜。民宿の部屋で買い込んだ酒をしたたかに飲んだ4人はすっかりテンションが上がっていた。往々にして、そういった人々の方が酒や環境による解放の飛距離は長い。

宴もたけなわになった頃、唐突にB子の彼氏が挙手をした。そして、意を決したような表情でイベント企画を提案するではないか。

「どうだろう? みんなで、その、してみるっていうのは……?」

俗に言う〝乱交及びスワッピング夏のトクトクプラン〟である。女性軍は一瞬にして引いた。冗談ではなかっただけに、誰も笑わなかった。A子の彼も黙っていた。

しかし、B子の彼は引っ込みがつかなかったらしく、A子の上に抱きついてくるではないか。A子は抵抗した。なんとか半分ジョークのうちにこの場を切り抜けたい。やんわりやや強めに抵抗を続けた。

A子はA子の彼を見た。A子の彼とB子はそれを茫然と眺めている。

の時。彼は切ない目で見ている。〝助けて〟、A子の目がそれを訴えたそ
彼は隣にいたB子に抱きついた。〝プレイボール!!〟つまりのところ、スワッピングの始まりであった。

A子は複雑な心境で脱がされていった。彼とB子が気になって仕方がない。B子は自分よりも早いスピードで脱がされている。胸が大きい。くやしい。様々な想いが交錯する。

しかし、B子の彼も噂どおりのテクニシャンだった。意と反してヌンコがマれてゆくA

子。

　その時だった。民宿中をつんざくような声がB子からあがった。あの女、普段はあー見えて、すげー感じまくりのシャウト系ボーカルである。B子の彼も一瞬そっちを見てニヤリと笑った。

「アイツ、スゲーんだよ」。

　A子の女の魂が燃えた。人生で初めて、闘魂がダー!! になった。灼熱の甲子園。バットを握る手に思わず力が入った。耳をつんざくB子のシャウト。無意識のうちに、思った言葉が思わず声になって出た。

「負けられないわっ!!」

　なんでだか、そう思ったらしい。これが女心というものか、種の本能というものか。A子はこの時に初めて彼氏には拒み続けていたバック・イン・ザ・USSR（後背位）も経験して、エクスタシーに達した。

「普通」。それは難解だ。この行為、発想がどれだけ平凡なのか？　それを知る術はとりあえず無い。

「負けられないわっ!!」。女はもしかしたら男よりも、こんな気持ちを携えて生きているのかもしれない。

数日後。正気に戻ったA子は彼と別れたが、B子とはより親友になる。
誰も知らない甲子園の一回戦で、誰も知らないまま敗退した選手同士の友情に似て。

I shall never give up !!

〃御言葉〃 その十九

「負けられないわっ!!」

（OL・20歳）

~突然の御言葉~

〔御言葉その20〕ひとくちでおなかいっぱい。

この名言は、連載を開始するにあたり、事前にいくつかの持ち名言のネタ出しをした際、編集部の方からこれはキタナイのでやめとけよと、教育的指導を受けた名言である。しかしながら、今は季節がら、どこの会社も新年度でバタバタしている御様子。これはチャンスと思い、ドサクサにまぎれて御紹介のはこびとさせてもらうワケだが、今回はそんなワケで気の弱い方、現在妊娠中の方、病中病後の方がこれ以上お読みになられることを是非おすすめしたい。

人は心掛けていても机上の論理に陥りがちである。かくいうボクもそうだ。聞きかじりの話とか、想像とアドリブで構築した話に説得力を持たそうと、いろいろ小細工する。

街の飲み屋は、そんな机の上の話が駆け巡るところだ。自分の眼で、足で確かめることもなく、ただ憶測と知ったかぶりで声を荒らげる。

一番カッコ悪い、人間の姿である。そして、一番カッコいいのは自分の体で確認した、自分だけが知ってる事にたどり着いた人なのだ。

どんな事でもいい。たどり着いたこと、それが偉業である。

苦みを知る男。

バクシーシ山下監督に紹介されたK・E君は小柄で繊細そうに見えた。そうは見えても、風呂にはよほど興が乗った時にしか入らないとのことで、独特のフレグランスを漂わしている。

K・E君は監督の作品にも多く出演している真性マゾの男優さんで、そのマゾの美学に関した著書も発表しておられるという（すみません、本のタイトル忘れました＊）美意識の高い方である。

K・E君は男優になる前は証券会社に勤めていたのだけど、証券マン時代は客にどー考えても損をするような株券ばかりを勧めて、大損した客から怒鳴られたり、殴られたりするのに快感を覚えるという、経済的に大仕掛けのSMプレイに熱中していた。もちろん、クビになる。

その後、やはり自分の美学を一番活かせる業種をと考えていたところ、バクシーシ監督の一種独特な吸引力に引きつけられて、男優デビューのはこびとなった。

それからの活躍の華やかさはハリウッドのスターも目をそむけるほどで、チンコの皮を切

ってラーメンを作ったり（そして、それを自分で食う）、アジアのある村の儀式に参加して体中クシ刺しにされたりと、ビデ倫をまるで通過しない文字通りの体当たり演技と美学で、彼に勝てる男優はいないと言わしめたが、誰も勝ちたいとも思わなかった。

そして、K・E君の美学のひとつに食糞プレイ（つまりウンコを食べる）があり、女王様の黄金（つまりウンコ）を食べるワケだが、ボクが昔聞いた話によると、〝ウンコ一本、クレヨン三本、醤油一升〞は致死量であるらしい。

だが、K・E君がまったく生きているのは、彼がプロフェッショナルであるからで、これは絶対によい子のみんなはマネしてはいけません（しないと思いますが）。

K・E君の趣味は貯金だそうで、監督の話によれば、〝かなり貯め込んでいる〞とのこと。色々な蓄財の手段や金利の幅など、金融情報にも明るく、極めて倹約家である。

ボクがお会いした日も、場所は虎ノ門であったにもかかわらず、高円寺方面から交通費節約のため歩いてきたという鉄人ぶり。そして、遂には嫌な話に突入するが、空腹の時には自分のコウンで一食を済ますこともあるという、ウンコの永久機関装置を体内に装備した男。

それが、超人K・E君なのである。

「とりあえず、満腹感はありますよ」

さらりと言うな。そしてこれは、未経験者の興味から、思わず聞いてしまうことなのだけど、そう。

問題は味である。いや、それ以前の問題があることは承知の上だ。しかし、現場の声、それが聞きたいと思うのが人情ではないか。

「うーん。味？　そうねぇ、とにかく、ウンコを食べた次の日に出たウンコは、苦いですかね」

次の日は苦い!!　さすが永久機関、一芸を極めた達人のみぞ知る事実である。苦みを知る男。苦みばしったいい男。どんな言葉が当てはまるのか思い当たらないカッコよさである。

机上の論理はイカン。ボクは襟を正した。その名言を残し、K・E君は当たり前のようにまた、歩いて家に帰っていった。シブすぎる男。

＊『マゾバイブル――史上最強の思想』（太田出版）

Tastes bitter, the day after.

〝御言葉〟 その二十

「次の日は苦い」

（K・E君、自由業、役者・年齢不詳）

～経験者のみぞ知る御言葉～

〔御言葉その21〕 あきらめる勢い。

私は思う。

若い時はやりたいことがたくさんある。音楽、演劇、また商売であったり料理であったり。やみくもに何の脈絡もなく、たくさんのことを目指す。そしてまた、若さが素晴らしく愚かであるところは、それがすべて自分に出来ると信じている。かといって、どんな事にも努力の及ばない才能というか資質というものがあって、それらすべてを成し遂げることは容易ではない。さらに、若い季節は短い。あれこれと手を出しているうちに時は過ぎゆく。

もし、本当に才能というものがあるのだとして、その最低限の才能とは自分に出来ることを見つけることではなく、自分には出来ないことを発見できる目である。そして、最後に残ったものに全神経を集中すればなんとかなるものなのである。

もうじき東京には新しく上京してくるヤングの人が夢を目指していろんな所をふくらませる季節になる。

ボクのように地方から上京して東京に住んでいる人間の所には、東京の宿を頼りに同じ田舎からやってくる友人を泊める機会が多い。

今のような年齢になると、やってくる友人はほとんど東京タワーを見にやってくる観光客だけど、これが若い頃には、夢を見にやってくる友人を泊めなければいけないことが多かった。

ダンサー志望、役者志望、芸人志望、いろんな奴を家に泊めたことがある。しかも、こーゆー目的で上京してくる友人はなかなか帰らないものだから、六畳一間のアパートは志望者だらけ。思わずポロリ!! 男だらけの大夢見大会になっていた。

21の時。Yがやってきた。中2の頃、ボクと一緒にアヌスというアリスのコピーフォークグループを結成していた男で、Yの上京目的はフォークシンガー志望だった。

いくら昔の話とはいえ、もうその頃にはフォークはすっかり無いも同然で、そんなモノを目指しているヤングもほとんどいない時代である。

駅にYを迎えに行ったボクはYと会うのが4、5年ぶりである。アイツがまだフォークをやっているらしいという話は聞いていたが、東京にまで来るとは思っていなかったし、もうアパートにはすでにダンサー志望のBが長期滞在していたので、少々困っていたのだが、駅に登場したYを久しぶりに見て、今までで一番頭が痛くなった。

桜も散る頃だというのに白い毛皮に丹波哲郎系のサングラスをかけ、ギターケース一丁に

さらば東京!!
なにしに来たんだ‥？

イギー・ポップみたいなズボンという、フォークなのかヤクザなのかダンサーなのか分からない、おそらくバカの格好をしてYはニコヤカに手を振っている。

部屋に到着すると、ボクとB相手に、田舎の祭りや飲み屋のステージ（ライブハウスではない）で自分がどれだけウケているかという話をエネルギッシュに語り始める。

これがまた微妙なところなのだが、Yは決して歌がヘタではなかった。この事実がYをここまでさせてしまったのだろうが、いかんせん問題は考え方と曲にある。

「今、東京で流行っとる歌とかはヘタクソやし、なんもよーない。ぜんぜんシビレもないけんねー」

とにかく、悪い意味で自信満々なのだ。そして、ギターを取り出し、面妖なオリジナルソングを歌い出したかと思うと、突然「東京のパチンコを調べてくる」と言ってパチンコ屋へと向かった。無意味に行動的なのであった。

その夜も、Yの自信に満ちあふれた話を聞いて、ウンザリするボクとB。曲について「変な演歌みたい」と言ったBと大ゲンカになる。

そして次の日。東京のライブハウスを視察したいというYと一緒に近所のライブハウスにテキトーなライブを観に行くと、本当にテキトーなアマチュアバンドが演っていたのだけど、Yはそのバンドを観て、かなりのショックを受けたようだった。

「東京はスゴいのがおる」

その晩。Yは暗かった。極端な性格である。そして、その日はギターにも触らずに酒を飲みまくった挙句、ボクらに発表した。

「誰だって自分のことをダメだなんて思いたくない。でも、俺は分かった。俺はダメだな、きっと」

すごい決断力である。こうも人間は潔くなれるのかと思ったが、次の日、本当にYは田舎に帰っていった。

「あの人、何しに来たんだ……？」

駅のホームでBが呟いた。ボクもそう思った。桜はまだ咲いていた。

I found it, I'm useless.

〝御言葉〟その二十一

「誰だって自分のことをダメだ
なんて思いたくない。
でも、俺は分かった。俺はダメだな」

（ミュージシャン志望Y氏・当時21歳）
～自らの才能を見つめての御言葉～

〔御言葉その22〕 おおらかな女の実態。

人間は自尊心が強い。これがまた、美人ともなれば、そのプライドはことのほかである。

えてして、美人にツマラン人間が多いのもそんな理由からで、自分が他人から、どう思われているのか？　なんて事が気になるもんだから、したい事もできずに、ただ自分のイメージを守るためだけに生きて、死ぬ。

美人にできる冒険といえば、せいぜい美人稼業に興味を抱くぐらいのモノだが、しかし、それとて美人という呪縛によって動かされているだけで、真の冒険とは呼び難い。

美人とはツマラン人間だ。しかし、そんな美人がボクは好きだ。それは何故か？　それは、美人以上にボクがツマラン意気地のない人間であり、したい事もできず、ただ机上の論理だけで小銭をかき集めるような卑しい男であるからだ。美人と意気地のない男は内面的には相通ずる部分があったのだ。

しかし、先日、こんな美人に会って、脊髄液にタバスコを入れられたような衝撃と激痛が背骨を駆け巡ったのだ。

ある雑誌の仕事で素人ヌードの撮影をすることになった。モデルのA子は、20歳の喫茶店のウェイトレス。自分から告知を見て応募してきたらしい。集合場所の喫茶店に1時間過ぎてもボクはまだ到着していなかった。

「どーせ、ブスなんだろうなあ」。卑しい男はすぐにそんなことを考え、朝も起きない。

1時間半後、ボクは平然と店に入り、編集者の手招きするテーブルへ座り、目を見張る。

「こ、この人は誰?」「今日のモデルさんです」。A子は爽やかな笑顔で会釈した。

予想だにしない展開だった。小柄で常盤貴子調の美人がいるではないか。ボクは膝を整え、タバコの火を消し、深々と頭を下げた。

「大変遅くなりまして申し訳ありません!　カメラマンのリリー君と申します」

その瞬間から、ボクはカメラマンになった。そして、どうにもさっきから気になっていたことを彼女に尋ねてみる。

「あの……ちなみに何カップですか……?」

「ハイ。Fカップです」

「さぁ!　早く撮影に行きましょう!!」

このテの撮影は、そのへんのラブホテルをスタジオ代わりに撮る。そのほうが生々しい、いかにもハメ撮り風になるからだ。

えっと…。
300人
くらいかな。
編集がタイトな女
おみそれしました――!!
両手ぶらり

　A子は少しも恥ずかしがる様子もなく全裸になり、風呂に入り、ベッドに横になる。F。フォーミュラーな肢体だった。ボクは狂ったようにシャッターを押した。A子は性格もとても良い娘で、去年、静岡から上京してきたばかりだという。いろんなポーズをつけるうちにボクは何だか切ない気分になっていた。「なんか俺、痛い事してるな……」。勝手に同情していた。なんで、応募してきたんだろう……。色々、考えていた。

おおらかな美人の中に、圧倒的な真理を見た。


　撮影が終わり、インタビューをする。これが本当の仕事だ。「えー。今まで何人くらいの人とSEXした？　体験人数は？」

　すると彼女は爽やかに甘酸っぱく答えた。

「300人くらいかな……」

　耳が壊れた。心臓が破れた。インポになった。「ど、ど、どうやってそんなにたくさんと知り合うんですきゃ？」日本語も壊れた。

「私、ひとりで歩いてるとHしたくなっちゃうんです」そんな時、彼女は前から歩いてきた男の腕をつかまえ、こう言うそうだ。

「すみません。私とホテルに行きませんか？」

こんなエロマンガみたいな話が現実にあるのだ。しかし、それを話す彼女の風情は色情狂の狂った目ツキでもなく、本当におおらかで爽やかな風が吹いていた。やりたいことを素直に、他人の目も気にかけずに生きてきた人間だけが持つ圧倒的な真理がそこにあった。

世界中がみんなヤルことばっか考えている。でも、そのクセに食事だドライブだ電話だのとまったくねぶたい。いい映画もいい人生も編集がタイトである。本物の美人だ。この時ほど自分の存在を小さく感じたことはない。

Excuse me, but I want you.

〝御言葉〟その二十二

「すみません。私とホテルに行きませんか？」

（美人ウェイトレス・20歳）

～自尊心を超えた所にある、本物の美人のおおらかなる御言葉～

〔御言葉その23〕誰にも言われたくない。

人は小さな幸せを抱きしめて生きているものだ。

また、この小さな幸せをいかに見つけるかということが、日々を豊かに暮らす重要なポイントでもある。

「ハリウッドの大スターになりたい」「日銀総裁を目指す」「MAX全員とSEXしたい」大きな幸せを考えればキリがなく、それはただ切ない。

大きくなくてもいいのである。大切な事は幸せを得ることにある。

だいたい、野望のたぐいを語る男の姿は極めて暑苦しいし、野心を抱いた女の表情は軽量で醜い。問題は大小にかかわらず、夢中になれる何かを発見し、少しずつでも幸せを勝ち取ることなのだが。

吉田豪という男がいる。

人は彼のことをこう呼ぶ。

〝古本バカ〟〝古本番長〟もしくは〝日本縦断ウルトラ古本男爵〟

「いやー。マジでヤバいっスよ!! 岡山は。熱いっスね! マジで!!」

どうやら、岡山のショップ（古本屋）はかなりヤバい（掘り出し物が多い）らしい。

「で、昨日は静岡回ってたんですけど、アソコもシブいですよ!!」

静岡も見逃せないそうである。つまり、この男は時間さえあれば日本中を回って古本物色の旅をしてるのだ。しかし、その買い漁ってる本というのが激痛のタレント本とか、金やんの自伝とか、デタラメなマンガ本という、この男にすれば宝物なのかもしれないが、他の人から見れば、金を払ってでも捨てたいような代物なのである。そして、旅に行くたびにボクにもお土産と称して、その系統のバカ本を買ってきてくれるので、ウチの本棚もかなり人には見せづらいビジュアルに染まってきた。

目クソVS鼻クソ。

先日。とある居酒屋。また、旅から帰ってきた吉田豪の話をボクとTはさんざん聞かされていた。リュックが異様にふくれているのが怖い。

「いやー! ヤバいっスよ!! この本見て下さい、コレ!『地球に落ちてしまった忍』、坂上忍のエッセイなんスけどね! ヤバいっスよコレ!!」

「あ。そーなんだ。ハハハ……」

フッ……。ちいさいちいさい…。
大きな目クソ小さな鼻クソを笑うの巻
わーい！電話番号教えてもらっちったー！
FURUH
KING

「この表４の写真なんかＤ・ボウイばりにキメてんですよ、忍!!　ヤバいッスよ!!　あとコレ！　リリーさんへお土産なんスけど、ヤバいッスよコレも！」

ギクッ!!　この感触は旅行に行った人から富士山のペナントやタツノオトシゴの砂時計を渡されるカンジに近いと思っていただきたい。

「『巨人軍１０１のひみつ』ヤバー!!　この中の写真!!　いいっスよ!!」

そこには現役当時の王選手が旅館の畳の上でブリーフ一丁の一本足打法をしてる写真がある。その下には極太の字でＢＩＧ・１《ワン》だ。

何があったんだ王ちゃん!?　何でブリーフ一丁なんだ!?　とにかく吉田豪は本人がこの世から消えてほしいと願っているモノを探し歩くことに生き甲斐を感じているのだ。

今、この写真をダイエー球団本部に郵送したら、選手が全員やめるだろう。吉田豪恐るべしである。

まぁ何にしても吉田は生き生きしている。我々には小さくて見えないが幸せを噛みしめているらしい。

吉田の話が一段落したところで、それまで吉田の話を興味なく聞いていたＴが自分の話を始めた。

Ｔが最近好きな子の話。その女子は街で声をかけて飯を食うようになったんだけど、そんなイキサツのわりには、なかなかイケズな娘でまるで色よいムードにならない。相手には彼氏がいて、いつも彼氏の話ばかりを聞かされる。

金のないTはサラ金で金を借りて、彼氏の話しかしない女に飯を奢り続けた。しかし、この間。その女が携帯電話を購入。

「やっと電話番号を教えてもらったんですよー！　超うれしいっス!!」

Tもうれしそうだった。しかし、それを黙って聞いていた吉田豪がTに向かってポツリと言った。ちなみに吉田とTはこの日初対面である。

「ちっぽけですねぇ……」

あきれというよりも、軽蔑の部類に属した言い方だった。さっきまで坂上忍のエッセイ一冊で世界統一したような笑顔をしていたクセに。

ボクもビックリしてウケた。なんせ、人が人に対して「ちっぽけだ」と面と向かって言ってるのを初めて見たからだ。Tはしょんぼりである。

目クソと鼻クソの世界。それが私的な小さな幸せでも、勝ち取ってないものにはまるで意味がないということなのだろう。しかし、言われたくない言葉ベスト・1である。

You, clod.

〝御言葉〟その二十三

「ちっぽけですねぇ……」

（古本バカ一代、吉田豪・20代後半）

〜ちっぽけな人間を見て、ストレートな御言葉〜

〔御言葉その24〕死んでも倒れない男。

ボクは普通の人よりも100倍味付けのりを食っていると思う。まぁ、あーゆう食いモノは朝に2、3枚食えば、それでも食べたほうだと思うのだが、こちとらは1回に200枚くらいは食う。もっと食う時もあった。とにかく1枚というのがウチのほうでは1パックであるからして、袋から出した時のカタマリのまま口へ放り込む。他には何も食わねえよ。のりだけ。調子のいい時は、1日でワンボトル（徳用ビン）空ける時もあったね。

だって、のりしかないんだもの。のり屋でバイトしていた頃はもう、すっかり大人の年齢だった。同じバイトでも、そこには差別があって、同期で入った大学生のバイトはクーラーのきいた部屋で椅子に座ったまま、お菓子をツマミつつ御中元用のラッピングをする。女子もいて、楽しそうだ。ところが、ボクと友人のO、ジャマイカに行く金を貯めていると言っていた木村君は同じ時給で倉庫係になる。要するに、無職の類は一ヵ所に集められたワケである。のり屋といってもビンづめの佃煮とかあって1個の段ボールは重い。

その段ボールが何百個もトラックで届き、ボクらは一日中、その箱を動かしていた。

「暑いんだヨ！　マジで!!」木村君は、時々フラッシュバックがあるらしく壊れかける。倉庫裏の壁にもたれ空を見上げると、まぶしい太陽がボクらを刺す。汗が噴き出し、ボクはおもむろに作業着の内ポケットから、のりを取り出し、チョコのCMのようにかじる。

〝ザクッ〟かっこいい!!　ワケはない。

ワーキング・クラス・ヒーロー。ナメ専親方登場。

ボクたちは昼メシの時もクーラー室に入れてもらえなかった。大学生たちの涼しそうな声が外まで聞こえてくる。

「殺すぞ！　マジで!!」木村君は本気だ。

でも、そんなボクら3人に唯一の理解者というか仲間がいた。この、のり倉庫の倉庫番を続けて30年。歩くのり人間ことナメ専倉庫親方である。

この人は倉庫の中にある暗い小部屋の中で一日中在庫のチェックをしていて、会社の若い人からは嫌われていた。だけどもボクらにはたいそう優しくて、ボクらは昼メシを親方の小屋（扇風機あり）で食べていた（のりを）。

ところが、この親方、とんでもないエロジジイで、昼メシ時のボクらにY談をしたくってしたくって、11時頃からネタチェックに入っているのだった。

ナメにも色々あってな。下ナメ、横ナメ‥

「この間、出張呼んだワケ。19ぐらい？　オレの孫ぐらいか。これがまた、肌がね、違う!!　舌をこうツーと這わした時の吸いつきが違うって!!　実際。そんで、サネのオツユが多いんだよ。味も良くってねぇ」

ちなみに親方は、もう何年も前からインポになっていて、アッチの方は完全に死に棒らしいんだけど、人間の性欲ってのは恐ろしいもんで、老いてなお盛ん。老兵は立たず、ただナメまくるのみ、なのである。

親方曰く、ナメ専になってからのほうが性行為に奥行きが出たとのこと。知らんがね、そんな奥行き。そんで、ひとくさりエロ話した挙句、仕事が終わってもしばらくはエロ話につき合わされる。

「昼はどこまで話したっけ？」「どこでもいいよォ」「おっ？　帰んのかい？　そんじゃ、ホラ。コレ、のり持ってけ」「また、のりかよ！　ジジイ!!」

一度、親方にこんな事を聞いてみた。「ナメ専の人って、どこで終わるワケですか？　射精とかみたいに明確な終わりがないでしょ？」

親方はコイツめいい質問だなという顔で満面にスケベ笑いを作り、うれしそうに言った。

「これぱっかりは、キリがねぇんだよねぇ！」

ネバー・エンディング・ストーリーだった。死んでも倒れない男。倒れてもナメ続ける男。

あんまりしつこくてホテトル嬢に蹴られたこともある不死鳥。今は身体のことも考えて小学生のファミコンみたいに、今日はココまでと決めてやるそうだ。

男は死なない。親方のおかげで、老後のインポが明るいイメージになった。

追伸。

今はバイアグラがある。親方が生きてたら喜ぶだろうなあ……(生きてるかもしれないけど)。

It never comes to the end.

〝御言葉〟　その二十四

「これっばかりは、キリがねぇんだよねぇ！」

（のり倉庫の倉庫番、男・当時65歳）

～ナメ専道に見る、男の生きざま～

〔御言葉その25〕ワシントン条約の女。

このあいだ、友人のDがみんなの見ている前でYちゃんを口説きまくっていた。

「絶対、俺が幸せにするから!!」

「好きだ!! 心から愛してる!!」

Yちゃんはルックス、マインドともに、どこかに太鼓判を押させてほしいというくらいの上玉で、難があるとすれば彼氏がいることと、嫌いな奴にも優しいことぐらいだ。

しかし、これくらいの上玉になると、口説く方も口説きやすい。フラれても恥ずかしくないし、デカいステージでギターを鳴らしているような爽快感に自分が酔えるからだ。

これが、そこそこの女になるとこうは出来ない。体育館の裏にこっそりと呼び出して、自分の自尊心を傷つけぬよう、相手をつけ上がらせぬよう、カツアゲをするかのごとく口説きたいものだ。

ところが、どんなに熱く迫ったところで、Yちゃんくらいになると1日3回は言われていることなので、今ひとつ効きが悪い。

口説き文句。果たして、どんな言葉が女子のハートを射抜くのか？　誠意と情熱。そんな美しい言葉が本当に最高の手段なのか？　嘘臭い恋愛本には何の光明も見ることが出来ないまま悶絶する恋のハンターども。

しかし、ひとつだけ大昔から発見されている事がある。それは、女はすべて〝意表と勢い〟に弱いということなのである。

こんなの有り!?。

銀座の女。それは酸いも甘いもハメ分けた女。女として駆け引きのプロである。口説き慣れした大人の男からのアプローチをスウェーバック&ブロック。そしてローブロー。口説かれることが仕事の美人稼業。A子はそんな銀座のホステスの中でも、ゴールデングローブ・プレイヤー。ディフェンスの堅い女である。金で口説かれることは当たり前であるが、その金額よりも、A子の自尊心がなかなかビジネスを円滑に進めることを拒んだ。なんとか私のプライドを傷つけずに口説かれて、無論ある程度の見返りを手にしたい。そんな女心と銀座心が交錯するある日、店にひとりの男がやってきた。

テーブルにつくA子。男は40代後半くらいだろうか。一見したただけでは何の仕事をしているのか見当がつかない一見《いちげん》の客。もの静かに飲みながら、男は少しずつ語り出す。

亀
君の瞳にカメを・
よろしく どうぞー

しばらく男の話を聞いているうちに、A子は〝この人、私を口説いているのね〟と、男の間接的なジャブに気づいたという。男の何気ない海外旅行での話から敏感にそれを察するA子。さすがプロというか自意識過剰というか、とにかく、生き馬の目を抜くような業界である。

そんな、水面下のバトルが繰り広げられながらも、表面的には緊張感のない緩やかな雰囲気が漂っていた。

しかし、そのA子の一瞬の虚をついて男がこう切り出してきた。

「一緒に……カメを捕まえに行かないか……？」

カメ!? あまりにも唐突である。しかも、捕まえるらしい。なぜ!?

A子は完全に意表を突かれた。

「タイにね、珍しいカメがいるんだよ。とても珍しいカメがね……（どんなカメなんだ？）。私は来週そのカメを捕まえに行く。捕まえると言っても、いる場所は分かってるんだ。それを日本に持って帰るといくらになると思う？ 百万円だよ、1匹。私も仕事だがひとりで行くのは淋しい。もし君が一緒に来てくれたら、そのカメを1匹あげよう。お礼に。日本での換金は私がやる。どうかね君？ 夢を捕まえに行かんかね？」

密猟者の分際で夢は大ゲサだが、いかんせんA子はワシントン条約を知らなかった。もちろん、そのカメがどんなカメかも知らない。しかし、A子は翻弄されていた。インディ・ジョーンズ？　冒険だわ。それに私は身体を売るワケじゃない。ただ、カメを捕まえにタイへ行くだけ。そして百万円を手に入れる。

アリだわ。A子は翌週、男と一緒にタイへ旅立った。2泊3日のカメ旅行。到着したその晩から、A子はマッシュルームでアッパラパーにされてヤラれまくった。

それでも私はカメを捕まえに来たんだ、と心に言い聞かせるA子。

帰国前日。カメのいる場所という沼地へ向かった。男は、いかにもテキトーに棒で2、3度ドロを突くと平然と言う。「今日はいないみたいだな。もしいても、キミはカメを飲み込んで帰国しなきゃならん。まだ探すかい？」

Let's hunt tortoises.

〝御言葉〟その二十五

「カメを捕まえに行こう」

（作者不詳、男・40代後半）

～宝探しな口説き文句の御言葉～

〔御言葉その26〕

その時、ここにあるもの、それがお宝だ。

お宝ブームである。世の中の人々が自分の家の物置にあるガラクタに色気を感じるという奇怪な今日この頃。みなさんいかがお過ごしでしょうか？

しかし、お宝の世界とは本来、精神的な意味の中に存在するものです。例えば、そのお宝が本物か偽物かというお宝鑑定に一喜一憂するけれど、真のお宝の意味はその個人にとっての価値によるものであって、他者の判断などあまり関係ないはずです。

そして、本当に本物を知る者は贋作《がんさく》の価値を知り、その上でそれを愛せる者だとボクは思うのです。

ということで、今回はお宝の真贋についてのお話である。

君たちは若い。若いということはとても素晴らしいことである。余命幾ばくもないボクからしてみれば、大変うらやましいことです。

しかし、若いということはアホなのである。ひとつでも若いということは、ひとつアホだということだ。

逆にいえば、人間は年齢を重ねるたびに、ひとつずつおりこうになるということ。そしてまた、ある年齢に達すると、またどんどんアホになる。人間の知性とはそのように山なりの曲線を描いてゆくものなのだ。

若いアホの中でも一番アホは中学生の季節であると断じたい。あの頃は身長が伸びたりチン毛がはえたり精通があったりと、ハタ目から見ても気の毒になるくらい恥ずかしいアホである。稲中の世界を地で行くアホさ加減。ボクにもそんな中学時代があった。

いい仕事してる。

ウチの中学は荒くれた中学の『魁《さきがけ》!! 男塾』みたいな校風だった。そんな中でボクは野球部に入部したが、ウチは野球部といえども先輩はみんなパンチパーマをあててるような歌舞伎町系野球部だった。

野球はあまりしません。全員ヘタだからです。先輩たちはみんな俺流の調整で暴力と性行為に明け暮れる日々だった。その中でも〝鬼畜〟の愛称でボクら1年に逆尊敬されていたK先輩はアホの超中学級で、頭の中にはおそらく精液とカブト虫の幼虫くらいしか入ってないという人。

ある日。いつものように部活が終わった後、ボクら1年は部室の床に正座させられ説教と

野球
やりましょうよ…
リリー
バーロー!!
そんなんしとる
場合かー!!
ナョボー

いう名の残虐行為を受けていた。K先輩は牢名主のように高い所であぐらをかいて紋次郎イカを食べている。

他の部活の生徒が帰る声が聞こえてくるが、ここから、ウチの部活が始まるのである。

「よォ!! リリー選手よォ!!」

やばい!! 呼ばれてしまった!! 他の1年は〝かわいそうに……〟という目でボクを見た。

①まぶたにサロメチールを塗られる。

②パンツに爆竹を入れられる。

③3回殺されて4回生き返る。

今日はどれだ!? 幽体離脱しそうになるも、今日のリクエストはそれではなかったのである。

〝女子陸上部の部屋に忍び込んで、K先輩の好きなメグミ先輩のブルマを拝借してくるのだ〟

それがボスの指令だった。一瞬でもためらうと殺されるので、ボクはダッシュで女子陸上部へと走った。錠前の番号は野球部の㊙ノートに記録されてある。こーゆーことは緻密な野球部。薄暗い女子陸上部の中は、さっきまで汗かきまくっていた女子の体臭でムレまくっていた。

メグミ先輩のロッカーを慌てて開ける。ガーン!! 何も入ってない!! あるのは靴。靴!? とりあえず靴か? いや、弱い!! ブルマ、ブルマ!! ボクは焦った。他の人のロッカーも開けるがそこにもノーブルマ。やっぱりアレは毎日洗うもんらしい。

しかし、唯一ブサイクで有名な人のブルマを発見!! 運命の決断!! 〝どーせ殺されるんなら、とりあえず持って行くべし!!〟心の中の悪魔がささやいた。ゲット&ダッシュ。

K先輩はボクが帰ってくるとイカのクシを投げ捨ててブルマを奪った。

「これメグミのんか!? コレ!?」

「チ、チス!! えーっと……」

「なんじゃ、ちがうんか!?」

「チス!! いや、たぶん……」

K先輩はコーフンの絶頂にあるらしくボクの答えを待たずして言った。

「もう、そんなん本物でもニセモンでもよか!!」

チュバ――――!! 狂ったようにブルマのトロの部分に吸いつく先輩。メグミ先輩ではなく、ブサイクで有名な人のトロ部分に……。

ボクは思わず目をそらした。真作でも贋作でも関係ない。男のお宝だ。

〝先輩ゴメン……〟心の中でわびた。

Genuine or not : that is NOT the question.

〝御言葉〟その二十六

「本物でもニセモンでもよか!!」

（野球部員・中学3年）

～身もフタもない御言葉～

〔御言葉その27〕バカの描いたブタの絵

ひと昔前から、日本人はYESと言いすぎる。NOと言える日本人になれと、国内外から指摘されてきた。

それはその通りである。国内でもYES、YESとうなずいてばかりいると、知らないうちに羽毛布団や洗剤をしこたま買わされ、新聞を何紙も定期購読する羽目になる。

しかし、何と答えていいのか分からない時もある。YESでもNOでもない。そんな時はどう返答すればよいのだろうか?

変態画家・都築潤とボクはある地方都市のバーの内装用の絵を描くために、長期にわたりそこに滞在していた。

便秘症の都築はすっかり浣腸ジャンキーになってしまい、浣腸なしでは筆を持つ手も震えるという、トレインスポッティング浣腸版。

ボクらは疲れ果てていた。アナルの青くなった都築と睡眠不足のボクは満足に絵も描けない精神状態に陥っていた。そんな中、禁断症状の始まった都築がバー中央の白い柱にヘタクソなブタの絵を描きだした。

「なに描いてんだよ!! そんなの描いたら怒られるぞ!! バカ!!」

ボクは都築潤を制止した。

「もう、何でもいいのよ!! 早く終わらせたいのよ! アタシは!!」

都築の目は嫌なギラつきを放ち、完全に末期症状の状態だ。イチジク浣腸が床に散乱したバーで都築潤はブタを描きまくった。もう終わりだ。ボクは頭をかかえていた。

その時、オーナーのKさんが作業の進行具合を見にやってきた。Kさんのイメージは〝都会的で洗練されたラグジュアリーな空間〟である。

Kさんは店中の柱にある、バカが描いたブタの絵を見て茫然としている。ヤバい。

「コレは、どーいう意味……?」「ガルルルル……。ガルルルゥ……」。都築はもうヨダレが滝のように流れていて、とても説明できる状態ではない。かといって、こんなブタの絵をボクとてどう説明しろというのか?

苦しまぎれにボクはテキトーなことを言ってみた。

「あの、ですね。都築君はNYのアート事情にも詳しく、彼が言うには今NYのコンセプチュアルアートはブタがキテるらしいんですよ。そこでイチ早くこの店で発信したいと……」

Kさんは腕組みをしたまま、店中のブタをニラみつけて言った。

そ、それは‥‥？
じ、じけん
のかおり…

「な、なるほどね!!」

そうなのである。この人はアートとか先端とかの言葉に弱いのである。

その後も都築潤はオモシロがってミミズやツチノコの絵を描いた。

「これは都築君がホックニーにインスパイアされて、バスキアをオマージュした、ツチノコの絵です!!」

「な、なるほどね!! なるほど!!」

憎めない人である。こうしてボクらはあっという間に作業を終えた。


なんでもそれかい!!


打ち上げとして、ボクらは従業員の女の子3人とKさんと温泉旅館へ1泊させてもらうことになった。

露天風呂である。食事も終わり、ほどよく飲んだ後、女の子たちが何やら話しているのを小耳にはさむ。

「じゃ、12時ぐらいにお風呂行こ」

ナイス情報!! 都築潤とボクは無論、12時前から男湯に前乗りして、女子たちがやってくるのを待った。

低い垣根だけで仕切られた男湯と女湯。Kさんは寝るというのでボクらふたり垣根にへばりついて彼女たちの登場をひたすら待った。待った。待った……。

しかし、結局女湯には誰も現われない。「ガセネタだ」。仕方なく脱衣所に戻ると、ボクらふたりしかいないはずの脱衣所にKさんの黒いトレーナーが落ちているではないか。

「ゆ、ゆけむり死体なき殺人事件!!」

都築は叫んだ。Kさんはボクらより前に風呂に来たのだ。寝ると言ってたクセに。不審である。

次の日の朝食。女のコたちが開口一番ボクらに言った。「昨日、お風呂にノゾキが出たのよ!!」

ギク!! ボクと都築潤は目をふせる。しかし、誰もいなかったハズだ。聞いてみると、女のコは10時半頃風呂に行ったという。「Kさん、昨晩風呂は……」。都築が尋ねてみた。

「ん？ 昨日は入ってないよ……」

ウソをついている!! 確実にKさんは何かをごまかしている眼だった。その場をやりすごし、ボクらはKさんの部屋に黒のトレーナーを届けに行ってみた。

「あの、これ昨日の夜、脱衣所に落ちていたんですけど……」

都築がそれを差し出すとKさんは明らかに顔が変わった。犯人である。そして腕組みをし、深くうなずいて言うのだ。

「な、な、なるほどね!!」

憎めない人である。

Ah……ha.

〝御言葉〟その二十七

「なるほどね!!」

（バブル紳士、男・40代）

～困った時にはこの御言葉～

〔御言葉その28〕　ゴムをつけても外で出せ。

〃結婚のことは何となく話には出てました。いつか、できたらいいねって。そんなカンジで。赤ちゃんがいるって分かった時は、すぐ彼に報告したんです。そしたら、「うん。産もうね」って〃

♪キャユセレベ〜、キャユセレベートゥナーイ〜、ウィーハローン、ローンローンタイ〜。
安室の弁である。ちなみに右のような唄い方をした場合には著作権料金は払わなくていい。業界ちょっと得する話である。

近頃のミュージックシーン。安室、UA、CHARAなど第一線で活躍する人はみんな子持ちである。おそらく、今、レコード会社で行なわれる新人の戦略会議などではホワイトボードに「中出し」の文字が大きく丸で囲まれ、かなりの説得力を持っているのではないだろうか。

そんな話はともかく、20歳の女のコに35歳の男が中出し&妊娠させて、「産もうね」。これは安室対TRFならではのやりとりだ。社会的認知や経済力あってこその話だ。

オレ…中で出してないよ….
あっ!! それスゲェオモシロい!! グー!!
ゲラゲラゲラ
ウソ!! 女はわかるんだから!!
笑ってない。

一般ではこうはイカんだろう。つき合ってる若いカップルの間で交わされる〝結婚したいね〟話はたとえるならパーティージョークみたいなもので、ウソではないけれども現実味がないから楽しい。場を盛り上げるためのトークなのである。

若い頃、男子も女子も互いに夢や野望を抱いている。そして、それとは逆に金もなければ、学生なんかはひとり立ちもしていない。そんな状況で、彼女に「赤ちゃんできちゃったみたい」と報告された時の男の気分は複雑を超えて衝撃であり、目の前真っ暗であり召集令状である。

〝俺の人生、終わった!!〟

そう思うもんである。成功して収入もある前述の例とは違う。これから、という矢先にパパになる。それはあまりにもヘビーなケース。「産もうね」。それが即答できるほど、現実は美しくない。

所在ない。責任がない。収入がない。仕事もなければ、親に合わせる顔もない。ヘタしたら彼女に対する愛情もない。ないないづくしのパパである。

泥沼の会話。

それを聞いた時は他人ごとながらボクも驚いた。下北沢の飲み仲間のSちゃんが腹ボテになった。

彼氏のMはまだ、その時学生で、明日、Mにその事実を報告しようと思う。Sちゃんは言った。

相方でもないボクが驚くのだから、Mの驚きは数万倍だろうと察しがつく。

次の日、下北のアイスクリーム屋にて報告会が催された。まず、Sちゃんより結論が発表されると、会場は一気にズシーンという音が聞こえるほどに重たいムードに包まれる。

「産もうね」。言えるハズも立場もない。Mは学校帰りであった。

Mは言葉を失って、テーブルを見つめている。アイスクリームはすっかり溶けきっていった。

その煮え切らない様子にイラ立ったSちゃんが、今度はMを責め始めた。

「どうすんの!?」しかし、コール&ノー・レスポンス。Mはすっかり、あしたのジョーの最終回最終コマになったままである。

ようやく、Mが口にした言葉がコレだった。

「……オレ、中で出してないよ……」

オモシロい!! この陰鬱な雰囲気を吹き飛ばす会心のジョーク!! ボクは大笑いして、ふたりと笑いを共有しようと顔を覗き込んだが、ふたりはちーっとも笑ってなかった。

さすが、当事者!!　そのセリフに激高したSちゃんがMに言う。

「ウソ!!　女は分かるんだから!!」

分かるんだ!!　ボクはひとつおりこうになった。

この後、どんな話し合いになったのかは知らないが、結局、Sちゃんの親へ報告しに行くという展開になっていた。

数日後。MとSちゃんは電車に揺られ、Sちゃん家へと向かっていた。Mの心中察するに余りある。

こんな重いワビ入れはそうない。駅が進むにつれMは無口になる。往生際の悪いMにSちゃんはまたもイラ立ち、Mを罵った。

そして、Mの口から思わずこんな言葉がついて出たという。

「あんなこと、しなきゃよかった……」

オモシロい!!　しかし、その2秒後、MはSちゃんに殴られた。

現在、ふたりは結婚9年目。子供は2個に増えている。

I'm regretting violently….

〃御言葉〃その二十八

「あんなことしなきゃよかった……」

（当時学生、男子・23歳）

～電車の中で後悔の御言葉～

〔御言葉その29〕 特徴のありすぎる男。

『かけがえのない日々』。昔、そんなタイトルの映画があった。あったと思う。いや、なかったかな？　ゴメン。そんな気がしてるだけかもしれない。もちろん、観たこともないワケだから、どんな話かも知らないのだけど、想像くらいはできる。

とにかく〝かけがえがない〟のだろう。そうに違いない。どんな状況にあろうと、何を差し置いても、また時には、自分を犠牲にしてまでも〝かけがえのない何か〟をあなたは持っているだろうか？

何にも替えることのできないこと。誰にも替えられない人。そんな大切な、何かを。愛する相手は移りゆき物欲は止まることがない。結局、ほとんどの人が、代わりのきく何かで自分を固めているのだ。「俺にはコレがある!!」と胸を張って誇り、人生を貫き通せる〝かけがえのない何か〟。それを持っている人は本当に少ないのだ。

かけがえのない行為。

たとえ相手が誰であっても。

人の価値観を形成するのは「環境」と「志向性」である。そして、その価値感を屈折させてゆく要素、つまり、個性を漂わせるポイントは「コンプレックス」と「性」である。

このように、人間のオリジナリティとは、チンコの部分がディレクションしているのだ。

Sは東京大学卒。長身の二枚目だ。一九〇センチもある。これだけでも、他の大勢よりはコンプレックスも少なかろう。しかし、Sは光よりも速く早漏であった。速い。とにかく、何人《なんぴと》たりとも、彼よりも速くイケる男はいなかった。

セックス界のニキ・ラウダ。射精のロードランナー。世界最速の男は数々の異名をほしいままにした。

大人になり、セックスと恋愛の関係が密接になるにつれ、彼は大きなコンプレックスを抱くようになった。恋愛には消極的になり、将棋と日本映画にのめり込んだ。しかし、人間というのはここからが面妖な生き物で、この精神状態を続けると、今までとは違った何かに、自分の光明を見出すようにできているもので、性のコンプレックスが、逆に性の志向性を築くようになっている。

Sの場合、それは「野グソ」だった。酒を飲み、女性のことを考えだすと、無精に人前でクソがしたくなる。野グソとはいっても東京のド真中だ。街グソというべきだろう。新宿、渋谷、繁華街の路上の中央でSはクソをしながら少しずつ「自分」というモノを取り戻していったという。「やけにしっくりくる」。Sは芯でとらえる感触をつかんだようだ。

ある日。合コンがあった。クソさえしなければモテるSは、その集いで、ある美人に気に入られた。美人は積極的にSに言い寄り、周囲にいたSの同僚は、なんとか話をマトメようと、ふたりのデートをセッティングしてあげた。

冬の寒い晩。Sと美人は食事をして、酒を飲んだ。Sも次第に彼女に好意を持ち始めていた。もう12時も回った新宿の街。いい雰囲気だった。

寄り添ってバーを出る。冷たい夜風が好いたらしさをくすぐる。しかし、木枯しがSの〝かけがえのない部分〟を強く刺激した。この肌寒い空気の中でケツを出し、この女の前でクソをしたら、どんなにか至福なことだろうか。いや、イカン。初めてのデート。こんな素敵な女性の前で……。でも……。その葛藤はどれくらいあったのか。Sは新宿のド真中で、彼女と向き合った。キスの予感♡　彼女はそう思ったかもしれない。

彼女が軽く目を閉じた瞬間。Sの身長はストンとちぢまった。ケツをムキ出しにして、その場でクソをひねった。やわらかな湯気があがる。

Sにしてみれば百花繚乱の天国。彼女にとっては阿鼻叫喚の地獄絵図。そして、Sはケツを出したまま、ウンコの上をゆっくりと横に転がった。頬にアスファルトの冷たい感触が伝わる。ケツのひゃっこい感じ↓クソの出る解放感↓人の驚く様↓横になった時の冷たさ。この一連の動作がたまらなく幸せなのだという。

横になったまま、走って逃げる彼女を横目に見るS。

後日。ボクは言った。「また、やっちゃったんだ。なんでガマンできないの？　せっかくいい話なのに……」

しかし、Sは誇らしく答えるのだ。

「もう、あの行為に関しては、何よりもかけがえがないのですよ」

自信にあふれた男の顔だった。「かけがえのない日々」はクソの話ではないと思うが、こんな〝かけがえのないもの〟があってもいいと思う。あることが幸せだ。人ごとだし。

P.S.『かけがえのない日々』は柳田邦男さんのいい話がつまった本のタイトルでした。すんません。

That cannot be replaced by anything.

〃御言葉〃 その二十九

「何よりもかけがえがない……」

（編集者S・27歳）

～やわらかな湯気の向こう側の御言葉～

〔御言葉その30〕　はずんだ関係。

いい大学は入学するよりも、卒業する方が難しいというが、いい恋愛も同じである。付き合い始めることより、別れることの方が何倍も難しく、苦しい。

人は別れの時、ハッキリとその旨を相手に伝えることが、いかにも誠意があるかのようにいうが、本当に誠実な意味でキチンとした別れをできる人はいない。

「別れよう。もう電話もするな。泣くんだったら、家に帰って泣いてくれ」。ドラマ『眠れる森』の中で本上まなみがこんなフラれ方をしていたが、いかなる理由があろうとも、本上まなみを前に、これほど鮮やかな切り口で別れを告げることは、正常な神経ではできるはずがない。

現実には。

もし、それができる時。つまり、あっさりと相手を切り捨てられるような別れができる時というのは、おしなべて、こんな場合である。

〝他にもっと好きな相手ができた時〟

こう、なんてゆーかさ
もうちょっとさぁ…
な〜に？
YOKOHAMA BLUES
ケロケロ
ケロ
ケロ ケロ ケロ
ケロ ケロ

結局、誠意のある別れなどないのだ。人が人に対して残酷になれる時に誠意や優しさなんぞ存在しない。

頭がボーッとして、自分勝手に突っ走れるタイミングで人は残酷になれる。愛情が薄くなってきて、ほとんど通わなくなったスポーツジムに会費を払い続けるような、惰性と未練の付き合いをしていても、日常化したその平和と安心に矛盾を感じぬよう、考えぬように付き合いは続く。

決定力。今年（1999年）のジャイアンツにも、世の中の別れにも、それはない。自分自身のモラルと分別ではなんも出来ないというのが、深い恋愛の中に潜む、植物化した優しさだ。

別れのキッカケは、いつも、そのふたり以外の星から飛んでくるのだ。


軽薄な抽象表現。

誰だって悪者にはなりたくない。それが、普段から偽善者を気取っている奴ならばなおさら思うことだ。

Bは日本偽善者協会の一員である。この会は、女に対して「いい人に思われたい」「優しい男と思われたい」という自己満足で自分を飾るがあまり、言いたいことも、したいこともできず、その上、女のニーズに応えることもできないという、ヘッポコ軍団である。

谷川俊太郎の〝やさしさは愛じゃない〟という言葉が、頭の中でドラムの乱れ打ちになるほど痛い男たち。

Bの彼女は、10歳も年下だった。そして、その10歳年下の彼女からBは20万円借りていた。無論、そんな切ない借金を抱えるくらいの甲斐性なので、返すあても未来永劫ない。

そんな、恥ずかしいながらも楽しい我が家だったある日。Bに好きなコができた。最初はちょっと好きだった。そのうち結構好きになり、遂には、ものすごく好きになっていた。そのコと会うたびに、Bの中では彼女のことが薄くなる。

そのコとの関係が深まるにつれ、彼女との関係が息苦しくなる。

いわゆる、別れの時が近づいてきた。もう、この現状を彼女に告げなくてはいけないという罪悪感に苛《さいな》まれていたB。そして、その告白の後は晴れて正義の人となれる解放感を予測していたB。

深夜のファミレスだった。彼女とBは窓際の席で、流れゆく車のテールランプを見送っていた。

〝他に好きなコができた。別れてくれ〟

この場合、他のレトリックがあるにしても世界共通、つまり言いたいことは前述のセリフなのである。

Bは深刻な表情で彼女を見据えた。遂に、あの言い出しにくい言葉を口にしなければならない瞬間が訪れたのだ。Bは意を決して口を開いた。

「あのさ……。オレたちさ……。これからはもっと。ポップな関係にならないか⁉」

なんなんだそれは⁉　偽善が過ぎるというか、抽象的すぎるというか。

しかし、彼女は「うん」と答えた。これが長年付き合った者同士、あうんの呼吸というものか。Bは彼女がわかってくれたものだと、その場を後にした。

次の日。彼女からとっても自然に明るく電話があった。そのまた次の日も、また次の日も……。

Bとしては、〝もっとカジュアルな関係〟になろうという意味で発した「ポップ」を彼女は〝もっとはずんだ関係〟の「ポップ」と解釈したようである。やっぱり、意図は伝わってなかった。当たり前だが。

悪者になれない者は、もっと悪者になってしまうといった「ポップの法測」なのである。

I'd like to be on "pop" terms with you.

〝御言葉〞その三十

「ポップな関係にならないか？」

（ほぼ無職・男・30歳）

～彼女に告げた、気弱な御言葉～

〔御言葉その31〕切なすぎるピエロ。

小学5年生の時。クラスの中で席替えをすることになった。それまでは、クジ引きとかで決めていた席替えも、その時は担任の先生の提案により、こんな方法で決めることになったのだ。

生徒全員に小さな白い紙が配られた後、先生は言った。

「その紙に、男子は好きな女子を一番から三番まで3人。女子は男子の名前を好きな順に3人書きなさい。後で先生がそれを見て、みんなの席を決めます」

今思えば、まるでねるとんパーティーである。斬新というか残酷というか、先生の下世話なセンスによって、10歳のボクらはあまりにもエグい方法で自分の席を決められることになった。教室は静まっていた。みんな、その紙を見つめて長考に入っている。ボクも考えていた。一着二着の欄には、クラスで人気の女子ふたりを流した。人気の女子。かなりオッズもハネあがっているだろう。自分で書きながらも、この2頭は入るまいと知っていた。そこで悩むのは三番である。できるなら、ここは見《けん》したいとも思ったが、結局ちょっとだけ気にな

悲しみBIGWAVE!

っていた女子の名を書いた。H子。人気者グループにはいるが、かなりの脇役を張っているくらいの女子だった。むしろ、ギャグにされている系統である。

次の日、結果が発表された。やっぱり、人気ナンバーワンの女子と男子が隣同士に配置されている。このあたりが小学生。奥行きがないというか、ストレートなのである。

そして、ボクの隣にはH子が机を並べることになった。第三希望合格。入試なら、もうコは蹴って来年に懸けたいというくらい微妙な当たり。照れながら隣で微笑むH子の顔がマトモに見れなかった。自分で選んだ道なれど、なぜか釈然としないこの想い。こんなことならいっそ、ドラフト外選手同士、行きずりな席順で、ふてくされながら暮らす方が自由という意味では幸せ。

でも、オトナになって気付くのはみんな世の中では、こんな恋愛をしてるんじゃなかろうかということだ。


最高のヘコみ。


松たか子のアルバム『アイノトビラ』にこんな曲が収録されている。

「キミじゃなくてもよかった」

いまだかつて、こんなに人をヘコませるタイトルがあっただろうか？

〝キミじゃなくてもよかった　そういう恋をしてしまった〟

〝キミじゃなくてもよかった　本当は誰でもよかった〟

つらーっ!!　こんなことを女に面と向かって言われたら!!　オレは死ねる。いや、もはや生きていたくない。傷つくというレベルを超えて完全に人格が割れて粉々になるだろう。しかし、世の現実は悲しいかな〝キミじゃなくてもよかったカップル〟がその大半をしめているのである。悲しいかーい!?

自分の気持ちに素直になって。人はそんな無責任なことを言うだろう。しかし、すべての人が日本シリーズで出会える訳じゃない。淋しさを埋め合うためのウインター・リーグだって立派な恋愛ではある。ただ、切ない負け感はいなめない。一番好きな人と一番好きな人が付き合う。当たり前すぎて、出来る人が少ない。

小学生のボクはH子に冷たくした。一番好きな子の席が気になってモヤモヤした気分が充満した。H子はそんなボクの態度を察したらしく、微笑まなくなった。

〝冷えきった席順〟。そんな空気の中、H子はおもむろに言った。

「わたし、リリーくんの名前書いてないいんだよ……」

「え、オレ書いたよ……」

「わたしは、書いてない」

ショ——ック!!　アンド・ピエロ!!　淋しさ∞!!　太平洋ひとりぼっち!!この所在なさと切なさ。今でもあの時のことがボクのトラウマになっている。ボクはドラフト外選手だった。

もう、こうなると人間は子供でも卑屈になる。H子を見る眼がおびえていた。〝キミじゃなくてもよかった〟と思っていたのに、今や〝あなたに会えてよかった〟に曲は変わった。燃えカスになったボクに、H子は包み込むような口調で言った。

「消しゴムちょーだい!!」

「なんで?」

「消しゴムちょーだいよ!!」

H子はボクから消しゴムを取りあげると、それを半分に切ってボクに渡した。あの頃はわからなかったけど、あの消しゴムちょーだいはたいそう優しい言葉だった。

そんな間柄でもどうにかやっていかなければいけないのよ、というオトナの優しさと愛情の漂う言葉だったのだろう。

You know what I really mean?

〝御言葉〟その三十一

「消しゴムちょーだい」

（小学生女子・当時10歳）

～子供ながら恋愛のキビのわかった御言葉～

〔御言葉その32〕正直という狂鬼。

世の中には、いろんなキャラクターの人が、いろんな迷惑をかけ合って生きているものだが、その中でもかなり困った味わいを醸し出しているのが、〝どーかと思うくらいに素直な子〟というキャラである。

素直なことはいいことだ。しかしそれも、ある程度のラインを超えると「いい子」のゾーンから、どんどん「バカ」のゾーンに近づいてゆく。

バカ正直はいいとしても、このレベルに達した女子はむしろ、正直バカと呼ぶべきだろう。人を疑うことをしない。聞いた話は全て信じてしまう。ウソをつかない。世の中に悪い人が存在すると思っていない。何でも言われたことを聞き入れてしまう。

こうして書き出すと、本当にいい人である。こんな女の子がいたら、ぜひ彼女にしたいと思うのが人情というものではないかね？　若者諸君。

ところが、意外といるのである。しかも、学年にひとりとかの高確率で存在するもので、みんなが一度は言葉を交わしたことがあるくらいの種族なのである。実は。

君とは
遺伝子レベルで……

だけど、そんな女子を確認してもほとんどの男子は見逃すだろう。落合博満が言うように「ド真ン中の球は一番打ちにくい」という理論。あまりに浮世離れした感性に、おそらく身体が〝引く〟のである。

つまり、絶対的な善とは悪と表裏一体。善行と愚行は紙一重。天使的といえば聞こえはいいが、あまりの受動態は悪の温床になりやすい。

そんな意味でも〝どーかと思うくらいに素直な女子〟は同年代の間では孤立しやすいものだが、そこに眼をつける本当のワルがいる。それが〝オッサン〟である。このように、どの時代も素直な女子とオッサンは、人目につかないロードの裏側で、面妖な食物連鎖を繰り返しているのであった。

ストレート勝負

S子は稀にみる素直な女子だった。地方から専門学校入学のために上京し、アパートの近所の居酒屋で、あるオッサンに声を掛けられた。オッサンは相手が素直な女子と見るやすぐにこんな寒いセリフを平気で言う。

「君は、真っ白な子だねぇ」

「僕らは遺伝子レベルでつながっているような気がしてならない」

そして、素直な女子はこんな気色悪いセリフを吐かれて、こう思う。

「そうなんだ」

バカバトル！　スタート!!　S子はこのオッサンに処女を捧げた。もちろん、オッサンには嫁はんがいる。

しかし、おしなべてオッサンは若いコをつかむとマメになるものだから、S子もすっかり恋人気分だった。

ひとり暮らしの若い愛人。オッサンにとって、これほどカモネギなホールはない。やりたい時にはやってきて、三味線ひいて、ゼルダの伝説「時の尺八」を吹いては、瞬間移動で帰ってゆく。

また、素直な女子は聞き分けがいいので、変態に調教されやすく、S子のオッサンも処女の四十九日が明けぬ間に、大人のトイを購入してS子のアパートにやってきた。

その促成栽培のような性行為にもS子はなんら疑問に思うこともなく、その一連の行為や、大人のトイの感触までも、田舎の両親に電話で報告してしまうというズレッぷり。投げも投げたり、打ちも打ったり!!　である。そんなオッサンやりたい放題の数か月後、S子が飲み会で知り合った男子と電話番号を交換したことをオッサンに知らせると、オッサンの頭の横には電球のマークが光った。

「その男のコに会いなさい。そして会ってSEXしたまえ。S子は私以外の男の人を知らないから、それはいい勉強になると思う。私が送っていくから、会いなさい」

「そして、どうすればいいの?」

S子は尋ねた。するとオッサンは少し哀愁のある表情で星を眺めるように言ったという。

「声を聞かせてほしい……」。つまりオッサンは、S子が他の男とヤッている時の声を聞かせろというのだ。

もう、なんちゅーかね変態のオッサンという人は難解なのである。しかし、S子はそれに反発することもなく男子の家に行き、自ら行為に誘惑し、その様子を携帯電話を使ってオッサンの所にオンエアしたのだという。オッサンはそれで6回ヌイたと満足し、S子は一生懸命頑張ったと無邪気に語った。

打ちも打ったり!! 投げも投げたり!! そして若者はそんなオッサンのやりたい放題を見逃しながら、いつかS子を嫁さんにするのは同世代の若者という厚生年金のような不条理構造なのだった。

I want to hear you…….

〝御言葉〟その三十二

「声を聞かせて……」

（中年のオッサン・50代）

～子供をつかまえて三味線弾き放題の御言葉～

〔御言葉その33〕

ランボルギーニ・カウンタック LP500の男。

景気が悪いらしい。らしいのだがボクらのように経済の末端で拾い食いしているような連中には、その悪いカンジが実感としてない。

「景気が悪いらしいですな」

「いやー。そうらしいですな」

あいさつもこんな調子に曖昧である。〃バブルがはじけた〃と世間が騒いでいた時も、いったい何がどーなって、何が変わったのか、さっぱり見当もつかなかったのだが、今になって思うとバブル崩壊によって変わった点に気付くこともあった。

それは、バブル当時にはよく見かけた、あのテンションの高い人たちが近頃いなくなってきたことである。

バブル紳士といわれた人たち。あの底抜けに景気のいい発言でボクらを笑いの渦へと巻き込んだ、あのオジサンたちは今、何をしているんだろうか？　思うのだが、景気が悪いなんちゅーことを口にしてもシンキ臭いばかりである。あの人たちのように金があろうがなかろ

マジで。
つーか、こないだも
3回死んで4回
生き返ってねー

うがハリウッド系のMCで世間を笑かしてこそ光明を見出せるというものだ。

その風潮を危惧して㊞N氏は日本の華やかな伝統芸能を残すべく、江戸バブル太鼓保存会を発足。中目黒の一戸建、スチュワーデスのワイフ、金ロレ、ワイン、馬、脂顔など伝統の一品を集めつつ、寿司食いに飛行機乗って北海道日帰りや、打ち合わせと称した飽食というアーリー90'sなスタイルで不景気と戦っている。

往年の植木等しかり、㊞Nしかり、不景気という漠然とした暗雲を吹きはらうのは深刻な政策ではなく、陽気な人物である。

カウンタックの人。

好景気当時。会社を作るという行為はビデオ屋の会員になるぐらいのカジュアルな感覚だった。

ボクらがそうしたくらいなので、もう犬でもカエルでも会社を作った時代だったのだろう。何をやるかは知らないが〝とりあえず会社を作る〟。それが流行だった。

ボクらが会社を作った時、社長は「やりたい」と言ったCがやることになった。Cは身長190㎝だったことから日本一の大社長と呼ばれて喜んでいた。

もちろん、Cも全然金持ってないのだけど、元々バブル乗りの好きなCなので、周りの友人は内職で月に1000万稼ぐイベント会社のサラリーマンや、アイドルグループのAとBを1週間で両方ヤッた人など、テンションの高い人ばっかり。しかし、金のないCはスタイルだけバブリッシュにキメようと、アルマーニのスーツで社長机に陣取り、ゴルフのクラブを振ったりした。でも、昼食は金もないのでいつもマクドナルドなのだが、そのマック代もないCはアシスタントを呼んでいつもこう言った。

「来週2000万入るから、ちょっとマック代貸してくれ」。超カッコイイ。

すると、アシは気の毒に思ったらしく「ボクがおごりますよ」と言うのだけど、そのたびにCは「ちょっと待て!!」と言いながら社長机の引き出しを開けて駅前で配ってる、マックの30円引きクーポン券を1枚ちぎって言うのだった。

「コレ、持っていけ……」

ボクはそんなCが好きだった。毎週2000万入るというのだけど、そんな空バブルを聞いてると、なんだか元気になった。

ある時。ボクとCは大会社のプロデューサーの人と打ち合わせをすることになり、先方を訪れたのだけど、

「いやー。今やってる○○の番組視聴率15%超えたら、メインのAさんにカウンタック買ってあげる約束しちゃってて。そんで今週13%!!ヤバイよねー!!ハハハハハ!!」

ボクとCはその人のバブルぶりにうっとりして聞き惚れていた。オレもいつか、あーゆーこと言いたい。Cは心の中で思っていただろう。プロデューサーが食事に連れてってくれるということになりタクシーに乗る。乗った途端にその人は「失礼」と言いながら当時高価だった携帯とノート型のパソコンを取り出して、バリバリとスケジュール調整を始めた。何本も電話をして打ち合わせをし、億の話が飛び交った。そして、数本目の電話でこんなことを言った。

「んーっ!!　その件の打ち合わせなんですが。ちょっと、こちらの方のスケジュールがですね。もう、年内空いてないもんで……」

しぶ――っ!!　9月の上旬だった。ボクとCは顔を見合わせて思った。

超カッコイイ!!　この忙しぶり方といい、デカイ話といい。本当でもウソでも華が咲くように景気いい。

忙しぶっているバカはウザったいが、これくらい度を超えていると気持ちがいいもんである。

I'm too busy before the end of this year.

〝御言葉〟その三十三

「年内空いてない」

（プロデューサー・30代）

～バブルノリ全開紳士の景気いい御言葉～

〔御言葉その34〕 生死の境目とみみしんぼ。

世の中でよく使われている「引く」という感覚。

人が発する言葉や単語、その行為に対して、突然違和感を感じると同時に、その相手との同化を避け、自分をどこか安全圏に置きたくなる。

瞬間、背筋に冷たいモノが走り自分の存在がモノトーンに変色して見えるものだ。

「シラける」という雰囲気に毒と怖さを足した感覚がそれだろう。

また、〝引きの構造〟には場面の落差というドラマ展開が重要になる。葬式でウケを狙った不謹慎なジョーク。最高に美人でオシャレな女が現代美術を語りながら見せる鼻毛。両親のファックシーン。

そんなバンジージャンプのような落下速度と高度差があるほど、「引き」のエネルギーは増加する。

ふざけてる時。これは人間の精神状態が満潮の時である。ふざけてる時の人間は楽しい。

しかし、なにしろ、ふざけてるワケだから状況はことのほか不注意になる。

例えば、学校の掃除時間。誰かの机から発掘された給食のコッペパン。しかも、カチカチである。それを拾い上げたピッチャーは投げる（しかも小林繁のフォーム）。そんなモノをふざけて投げてくるもんだから、ボクはモップを構える（なぜか張本のフォームで）。ブン回したそれは空を切るが、隣で真面目に掃除していた女子の顔面にヒット。イヤな声をあげて、女子は鼻血を噴き出した。

満潮だった心の海が突然、サンゴ礁がムキ出しになるほど引いてゆく。

ふざけてる時に見る、シリアスな映像。これが一番引けるタイミングなのである。

引かないふたりの男

ある年の大晦日。ボクと都築潤と黒住光とミッキーは行きつけの雀荘にいた。打ち納めと称して、心はお祭りムード一色だった。ボクらの横の卓では中年のサラリーマン風のオジサンが、かなり高いテンションで騒いでいる。雀荘特有のくだらないダジャレが飛び交う。この日、この店にいるすべての客は季節的な解放感に酔いしれていた。つまり、ふざけきっていたのである。

そしてまた、この店のマスターは季節に関係なく年がら年中ふざけた男で、自分の店に数巻揃えている「美味しんぼ」を「みみしんぼ」と読み、「中山忍」をもちろん「なかやまにん」と読んでも、なんのためらいも持たない男なのだ。

新年を迎えてすぐの頃。突然、ガシャーン!! という大きな音が店中に響く。ボクらは驚いて振り向くと、隣の卓のオジサンのひとりが椅子ごと真後ろにひっくり返っていた。

その上、オジサンは目をつむったまま意識はなく、ただ口だけを大きく開けて、グー!! グー!! と大音量のイビキをかいているではないか。

サ——ッ……。店中にいる客の心の引いていく潮騒が聞こえるほどに、みんなが引いた。脳ナントカ!! そのへんの発作であることが誰にもわかった。ヤバイ。この人、死ぬかもしれないと思った。

「イビキはマズいんだよなぁ……」

誰かがポツリと言った。体を起こそうとした連れのオヤジに、違う客が強い語気で注意した。

「動かさない方がいい!!」

ピーンと緊張が張りつめる。

「とにかく、救急車を呼ばなきゃ!!」。そうだそうだとみんなはうなずく。

しかし、こんな救命病棟24時なシチュエーションにあっても、まるで動じることのないふたりの男がいた。

[redacted]

[redacted]

マスターと都築潤である。このふたりは、この状態に引くどころか、むしろ楽しんでいるかのようである。立ちすくんで見ているボクらに都築潤はニヤニヤしながら言った。

「チューレンよ!! チューレン!! たぶん!! あの人、どんな手やってたのかしらねぇ。倒れるくらいスゴいのツモったんじゃないのォ? ちょっと牌見てくるわよアタシ」。そう言いながら、手を覗きに行こうとする潤をミッキーがマジで怒った。

「やめろよ!! バカ!!」。都築潤は〝九蓮宝燈をツモると死ぬ〟という麻雀界の迷信を信じているらしい。それ以前に、この局面にして、その発想。バカの精神力たるや恐るべしである。

イビキだけが店に響く。「マスター!! 救急車!!」。客が叫んだ。

しかし、マスターはこの時間に営業していることがバレるのを嫌ってか、まるで平常のリアクションで言う。

「いやいや。全然、大丈夫!! いつものことよ。たいしたことじゃない」

あんたが決めるな!! そう思ったが、その3分後、イビキのオジサンは本当に蘇生した。本当なら死んでるハズの状態だったが、こんなバカに囲まれて死にたくないと、種の本能が頑張ったのか?

そんで、その時もっとすごかったのは、このオジサンと一緒に卓を囲んでいた会社の同僚らしき人々は、オッサンが死にかけたと同時に、みんな帰ってしまったことだ。すげー、シビアな関係。

All right! Everything is gonna be shining!

〝御言葉〟その三十四

「大丈夫!! たいしたことじゃない」

（ある雀荘の店主・40代後半）

〜マイウェイすぎる御言葉〜

〔御言葉その35〕 前向きの後ろ向き。

どんな人の心の中にも〝なんか悪いことしてみたい〟という気持ちは内在している。彼氏がいても〝他の男の人とエッチしてみたい〟と考えてみたりするその心。

そんな気持ちが誰の心にも潜んでいることは否めない。しかし、人々はそんな「内在する悪」を口にすることはない。もちろん、それが正しい行いではないとわかっているからである。もし、町中の人たちが平気でこの気持ちを口にするようになったら、どんな世の中だろう？


「いやー。こんちわ。なんか、スカッとしないんで、女でも犯して山に捨てたいって気分ですよー」

「あら、そうなんですかぁ。私なんて、亭主のSEXがタコなんで、隣の御主人に色目使ってるんですよォ。あの御主人にバックから、髪の毛つかまれてベコベコやりたいなんてことを、さっきも考えてたところで」

「そうですか。じゃ、また」

「はい。ごきげんよう」

殺伐としてます。しかし、これも人間のあるカタチでもあるワケで。しかし、この「内在する悪」の部分が全開になると人は人でなくなってしまうため、人類は宗教という「戒め」を発明し、理性を重んじて生きるようにして発展をしました。

そこで、日本です。この国には宗教はないも同然です。つまり、戒律を持たない、フリーダム・ワールド。「ふしだらな行為」「淫らな行為」を止める術は自分自身の中にしかありません。その人のモラルに頼るしかないということです。

やっぱ、弱いんですなぁ。コレでは。結局のところ。個の力とは微弱です。人は神に怯えながら生きるくらいが丁度いいのでしょう。神のいない人々の思想は常にコレですから。

「アタシがそーしたかったんだからそれでいーじゃん!!」

つまり、いいかげんです。

オマエは間違ってる

K子は、そんな日本国を象徴するような女だった。

何事にも依存心が強く、そのくせその自覚はない。自分が熱くなったことはすべて、熱さ＝正しい、の論理で動いているために、無軌道で節操もなく、貞操もない。

PMA
思いつづければ
いつか叶うの!!

男と付き合っても、そんな調子で自分のやりたい放題やってるもんだから、相手の男は常にグロッキー。

しかし、このへんがK子に限らず日本女子の最近の傾向ともいえるが〝私は悪くない〟という方向に無理やり持ってゆく。それが相手に対して、そう言うのならまだしも、自分自身の悪事を自分で正統化するようにすり替える作業をしてゆくのだ。

恐ろしい。自分で自分を洗脳する女。知能はないが、技術はある。

最近、海外や日本のミュージシャンの一部でPMA（ポジティヴ・メンタル・アティチュード）というメンタルスタイルがキテる。

これは、わかりやすくいうと、正しく前向きなことを、大声でカッコよく訴えるという、ストロングでイカスものなのだけど、K子はまるでこのPMAを勘違いした女だった。

K子は付き合っている男がいても常に「私が好きになったんだからいいじゃない」の間違ったポジティヴシンキングで、他の男ともガンガン遊んでいた。

ある日、ボクらの友だちとK子が飲んでいる時、K子が「今、好きな人がいるのよ!!」とバカヅラ丸出しで宣言していた。

「オマエ、彼氏いるじゃんか」

Sは呆れ&怒りの語気でそう言ったが、この女にそれを言うことは何の意味もないことも知っていた。

「今、好きな人って、すごい純粋でがんばってるってカンジなの!!」

Tはハナから話すら聞いてない。

「で、そいつとはヤッてんの?」

Sは怒りのボルテージを上げながらK子に質問した。

「だって、好きなんだもん!!」

「オマエ、それって浮気だろ?」

「ううん、私は本気!!」

Tはバカを見る眼で失笑し、ビールを注文する。この女のトチ狂ったポジティヴさに全体のムードはゲンナリしていた。

「私ね、今すごい前向きなの!! もう後戻りはしないの!!」

Sはスポーツ新聞を開き始めた。

いいかげんな人間が口にする前向きな発言というのは、人に恐怖感を与える。神様はこういう女こそを宗教に導くべきである。Sはポツリと言った。

「オマエは、間違ってる……」

しかし、伝わるハズもなかった。

I won't cry anymore.

〃御言葉〃 その三十五

「すごい前向きなの!! もう後戻りはしないの!!」

(無職、女・26歳)

～よっぱらっての御言葉～

〔御言葉その36〕 だまし絵の男。

ボクが人にインタビューをする時決まって尋ねることがある。

「今まで、誰かに言われた言葉の中で、一番傷ついた言葉は何ですか？」

まず、こう聞かれると、誰しもが一拍あく。その一拍の中には色々あって、この質問をどうやってはぐらかそうかと考えてる人もいるし、また、記憶がその言葉を呼び戻して、ヘコみ始める場合もある。

要するに、ボクが知りたいのは、その一拍あいた時の表情に漂う、その人の素を顕微鏡でキャッチし、心の深淵を覗きたいのである。

つくづく、怖い人間のオレ。

飛んでいるハエのアヌスを針で突き刺すような間の取り方が必要である。そして、重要なことは、相手が本当のことを言ったかどうかではなく、このテンションの質問に対して相手が、どう言いたかったのかということなのである。

そこで、相手がわかる。ある巨乳アイドルにその質問をした時、彼女はこう答えた。これは、付き合っていた彼氏に言われたそうだ。

「でも、オマエって結局、胸だけじゃん」

痛い!!　ハートに五寸釘。しかしそれに対して、彼女はこう返した。

「アンタには、なんにもないじゃん!!」

痛――――!!　クロスカウンターの打ち合い。でも、どっちかといえば「ある」方が強い。

斬りに行って、突き返されたような泥仕合。

このように、言葉は人を傷つけるには一番の凶器なのだ。普段の精神状態の時ならともかく、恋人同士の負のエネルギーは遠慮知らず。反則なしのアルティメット会話。

やっぱり、好きな人に傷つけられる時の傷は深く残るものだ。行為よりも態度よりも、わかりやすい言葉という暴力。

特に、別れ際の女は人情ノー。男は最後のひと言に美学を求めるが、女は最後のひと言と、引っ越しに出すゴミは同じ感覚。言わなくてもいいことまで吐き出してスッキリしたいという自分勝手な殺し屋である。

カズ。人は奴のことをそう呼ぶ。なぜなら、奴の名前がカズだからだ。一見、やせているように見えるが、角度を変えて見るとブクブクに太っているという、エッシャーのだまし絵のような体型を持つ男である。

これが、一緒にいると死にたくなる男だ!!
ふー
ふー
死にたいトレーディングカード
001
カズ 001

顔中には、珍しい光沢の脂が常に噴出されており、サウジアラビア級の脂顔産出量を誇る男。

ある年の大晦日。もう、年を越そうかという時間に、カズから電話があった。「今から、遊びに行ってもいいですか?」。聞けば、この日、この時間に、ひとりでゲイバーに居るという。寒い電話だった。マッチ売りの少女をはるかに超えた孤独を紅白歌合戦のBGMにのせて、'99年の訪れを知らせる春告鳥。

〝大晦日。ひとり。ゲイバー〟。そんな負の3連符を早弾きライトハンド奏法する男、カズ。そして、カズがボクの家にやってきたのは元旦の午前2時。みんなで飲んでいた所へやって来て、3分もしないうちに人ん家の玄関でゲロする、ノーマナー&ノーセンス&ノーフューチャー。

しかし、カズがこんな哀れな姿になったのには、原因があった。

死にたがる女

数か月前。こんなゲロ吐き脂とり紙エッシャー人間にも彼女がいた。

2年という月日を二人で重ねた。カズは優しい男ではあった。特に彼女に対しては、かなりの優しさで接したようである。しかし、優しさとは、使い方によっては、相手にイヤ味と苦痛しか与えない時もある。

ＳＥＸはほとんどなくなってゆき、そこにあるのは、優しさを伝えようと脂を流すカズとイライラした毎日を送り続ける彼女だった。

ある日を境に、彼女はカズを罵倒することによって、ストレスを解消するようになった。

「この!! 脂人間!!」

「そうさ、ボクは脂人間さ……」

無抵抗主義のカズ。しかし、人の熱さの法則は、コール&レスポンス。善人ぶって優しく振る舞い、ある種、高飛車に構えたカズにイラだちは倍々プッシュである。

そして、カズはこんなことを言われたのである。

「アンタといると死にたくなる!!」

もう、この頃は彼氏に対しての言葉を遠く超越して、悪魔祓い師のような心境なのだろう。

それから、彼女は毎日口を開けば「死にたい!! 死にたい!!」と叫び続けたという。その言葉の重さが、今夜も2丁目の片隅に染みるのだ。

〝御言葉〟その三十六

「アンタといると死にたくなる!!」

（雑誌編集者、男・26歳）

~わかってない男の言われた御言葉~

〔御言葉その37〕しし座流星群とスネーク。

ピエロ。あなたは人からそう言われたことがあるだろうか？

道化師。本当のピエロならば自分が道化であることを自覚して演じているものだが、世間のピエロは違う。

自分だけが知らない。自分がピエロであることを……。

ピエロ。なんてツラい呼ばれ方なんだろうか？　笑われていることも知らず、ただ、おどけて哀愁だけを漂わす。それが、ピエロだ。

ボクも人間研究家という職業柄、今までに様々なピエロを垣間見てきた。ピエロな存在は、どのようなバリエーションがあるにせよ、その寒さは指先も凍る。

しかし、一番寒いピエロは何よりも、調子に乗っているピエロである。スター気取りのピエロ。天狗になっているピエロ。このテのピエロは本当に笑いを超越して、ひたすらに悲しい。そばにいるだけで、こっちまで嫌な気分にさせる。それが、ピエロの中のピエロ。本当に寒い奴だ。

世忍と蛇

世忍と呼ばれる男がいる。ヨシノブと読む。巨人の高橋と同じである。

世忍は普段から、その存在すべてが寒い男であった。なぜか、彼の名前を呼ぶ時には、みんな力を押し殺したナレーション調で、こう言う。

〝光ある所に影がある。影ある所に世忍あり。世を忍ぶ仮の姿。日陰の忍者、その名は世忍!!〟

〝はい。なんですかあ?〟

いちいち、呼ぶのにも疲れる男。それが世忍だ。

そんな世忍が恋をした。しかも、そんな男がホレる女というのが、これまた世忍な女だった。世を忍んで生きても、まだ表に出すぎると環境保護団体からクレームが出るような女。美観地区や文教地区を歩くことは当然許されざる者。

そんな女に恋をした。その名も世忍!! 世忍は女をデートに誘った。デートコースはアイスホッケー観戦の後に、プラネタリウムに行くという、なんとも批評し難いライン。

世忍はデートの後、満面のバカ面をさげて家にやってきては、ボクらの前で自信ありげに言う。

世界は丸いっスよね!!
そうね…

「今度のデートでキメますよ!!」

無視である。もちろん。興味もない上に、気色も悪い。こいつらは、こいつらで好きなことを世を忍んでやってくれればいい。そう思っていた。しかし、ドラマというのはこんな寒い舞台でも動き始めるもので、世忍と女がいい雰囲気になった頃に、ライバルが登場したのだ。しかも、内輪の友だちの中から……。

その名はスネーク!! またの名をコブラ一郎!! こいつの心のなさは蛇頭のヘッドもビビりあがるほどで、スネークにニラまれたら生きた心地がしないと噂される、ただの無職のゲテモノ食いである。

スネークはどんなゲテモノでも確実に仕留める。いや、ゲテモノしか仕留めない。奴の名はスネーク!!

女は世忍とスネークのふたりの男から人生モテモテ低レベルのアプローチを受け、すっかり水準の低い所で舞い上がったらしい。

世忍とスネークと一日交替でデートを重ねた。世忍はその構成を知らず、スネークはその全容を把握し、すべての制作総指揮を司っていた。

ボクらは、知りたくもないのに、世忍とスネークの両方の話を聞くハメになっていた。

〝どうやら、女とスネークは付き合っているらしい〟

そんな情報が入ったある日。世忍がボクに電話してきてバカ声で言う。

「今日、しし座流星群を一緒に見る約束してんですよ!!」

何も答えず、すぐ切った。何も知らない世忍。女はもう、例によってどうしていいのかわからないの! 私が悪いの!! という女特有の酔っぱらい方をしているらしく、世忍のピエロにターボを回していた。

スネークは着々と女を手中に収めていた。確実にギリギリとグルグル巻きにして、世忍のピエロぶりを静観しながら、キューバ産の葉巻をくゆらせていた。

しかし、世忍はすっかり恋人気分全開のバカ顔丸出しのピエロぶりだ。そんな世忍が、また女とのデートの帰り、家に立ち寄って満開のピエロスマイルで我々にこう告げた。

「いやー。恋をすると世界が違う景色に見えますよー! ピース!!」

ボクらは思わず目を伏せた。毒舌家の黒住光も思わずつぶやいた。

「もう、見ちゃおれん。オレが泣きそうだ……」。その日は朝まで、世忍のピエロぶりを見せられてへコんだ。

I realized the world is mine.

〝御言葉〟その三十七

「世界が違う景色に見えますよ」

（世忍《ヨシノブ》、野球忍者・24歳）

～バカ丸出しピエロ全開の御言葉～

〔御言葉その38〕 めんどう臭い男。

10年くらい前のこと。麻雀で徹夜した明けの昼間。ボクと黒住光は淀んだ脳ミソで、死んだフィッシュの眼をしながら、くたびれた定食屋に入った。

だるい。とにかく。人様は働いているこの平日の昼間。我々は爪の先に雀卓の汚れをギッチリとつめこんで、ただ放心していた。帰ったら寝るだけ。髪の毛は海苔の佃煮のようにべタつきの黒。顔はヘルメットのブツ撮りのように、周りの景色を映し込むほどに、ギラギラと光る。

定食を待つ間、店にあるオッサン雑誌を手に取るが、活字を読む体力は残っておらず、スケベな写真だけをめくっては、だらしなく笑う。

社会的に終わっている人の風景である。死んでもいい人の口臭である。

便所に入った。汚い和式。ズボンを下ろして、しゃがみ込み、鼻先の壁に貼ってある紙に目をやった。

そこには、こう書いてあったのだ。

〝その時、どう動く。みつを〟

筆書きで、ただそれだけが書いてあったのだ。今考えてみれば、アレは、相田みつをの作品なのだが、その人物を知らなかった当時は、その〝みつを〟が便所の壁から発信する教訓めいた言葉に強烈なインパクトと笑いがあったのだ。

「おい!! 便所行ってみろよ!! なんか、みつをって奴が、何か言ってるぞ!!」。黒住もそれを見に便所へ行くと、難解な表情で戻ってきた。

「何が言いたいんだ、みつをは……」

つまり、こういうことだ。人が教訓めいたことや哲学的なことを語ろうとする場合には、その言葉を発する環境とタイミングが絶対に重要なのである。いくら、ボクらがダメな生活を営み、クズな人格でいたとしても、クソしてる相手に〝その時、どう動く〟と問うのはどうなんだ？

なに言ってんだ、コイツ？ そう思われるのが当然だろう。場所もタイミングも悪い。それはまるで、借金問題で記者会見を受けたガブリエル（ガブ）が誰も聞いていないのに唐突に言い出した言葉に近い。

「ア、アイ・ワズ・ゲーイ……」

別に笑うような発言じゃないんだが、何をこんな所でおかど違いなこと言ってんだ？ と

そー言われてもォ…
お寿司とは…?

いうタイミングなのである。このように、せっかくのいい言葉、重い告白も環境を考えなければ、大笑いの素になってしまうのである。

そして、教訓や哲学といえば、オッサンの好きなことである。

自分で考えろ!!

このオッサンは、いちおう偉い人らしいのだが、どうにも困った人なのである。オッサンの思考回路を推測するに、エバるよりも、逆に無知を装って素直に若者の意見を求める方が、どうやらウケがいいぞと思っているようで、何かにつけて場を盛り上げる哲学的な言葉を発するのだ。

ボクら3人はオッサンに食事をごちそうになりながらバカ話をしていた。オッサンはその間、ずっと話を聞いていたのだが、話の終盤、オッサン的にココだなというタイミングで、おもむろに言うのである。いかにも、渋く重く目を細めて。

「その、だんご3兄弟なんだがね。私にはわからないんだが、君はどう思う？　だんご3兄弟人気について」

知るか!!　瞬時に頭に浮かぶのはそれである。というか、だんご3兄弟ごときを深い話に持っていきたがる、雰囲気作りが寒いのだ。

「さぁ、どうなんでしょうね……」

早々に話題を変えるボクら。しかし、どんなテーマにもオッサンは同じ調子でサムシングを求めてくるのである。くどいほど、重厚に。

「その、かいわれ大根ね。私にはわからないんだが、君はどう思うわけ？　かいわれ大根の方は？」

黙れ!!　脳ミソがシャウトする。とにかく、この人は誰にも何とも答えようのない、考えることすらもバカバカしい問題を哲学的に尋ねてくるのである。理解のある年上というよりは、なぜ？　なに？　3歳児の幼稚さと難解さに近い。

「ボクは、好きっスけどね……」

うかつにも答えてしまうとこうだ。

「ほう、どんなところが？」

何が言いたいんだ、この人は？　自分で考えなさいよ!!　オトナなんだから。このオッサンの論法、以前に1回くらい、どこかでバシーッとハマった時があったのだろう。

何か、教訓や哲学を持ち出そうとするのはいいんだが、バカ話の場から、いい話を引っ張り出そうと考えることはアホのすることである。

I have no idea …… How about you?

〝御言葉〟その三十八

「私にはわからないんだが君はどう思う?」

(会社重役・推定50代)

～意味もなく哲学的な御言葉～

〔御言葉その39〕聞きわけのない男。

「死んだ奴は負けだ」。映画『麻雀放浪記』の中でドサ健は言った。九蓮宝燈を和了して絶命した出目徳の身ぐるみを剝ぎ取るドサ健の姿に坊や哲は少し引きながら、そんなことまでしなくてもと言った。しかしドサ健は手も止めずに言う。

「死んだ奴が負けだ」

とにかく、死んだら終わりなのである。『生きてるうちが花なのよ死んだらそれまでよ党宣言』という長ったらしいタイトルの映画もあるくらいに、死んだら終わりだ。

つまり、何かに終わりを告げるということは、〝もう、この次はない、これで最後だ〟という意味なのであるが、世の中の「これで最後」にはおしなべて次があるものだ。

ジジイの小便のように、終わったかと思ったハジから、チョロチョロ出てくる。小便のボーナストラックのような行動が、一般的な最後の世界なのだ。

酔っぱらいの「この一杯で最後」、パチンコでのまれた奴の「あと千円だけ」、ヘルスの客の「第2関節まで、マジで!! たのむ」

どの宣言にしても、結局は「本当に次でやめる、もう一杯」、「キリのいいとこで、あと千円」、「やっぱ、チンコの先っちょまで、どう!?」という風に終わらないのである。

しかし、こんなユルい〝最後〟を口にしていると、本当の終わりが通じにくい世間を形成してしまい、また、その風潮を逆手にとるワケのわからない人も現われるものである。


だから、言ってるのに!!


人にとって基本的には、宗教なり宗教観は必要だと思うが、それはその人がそれを欲した時によるものだ。なんだか、無理やりに始めるものでもないだろう。

数年前。ボクの部屋にもモヒカン頭のBが居候していた。Bをひと言で紹介するならば「隅に置けない男」とでもいうのだろうか?

それは決して、モテるとか、そーいったお色気のある意味ではなく、ちょっと目をはなすとすぐに、ねずみ講とかマルチ商法とか新興宗教とかを、カジュアルに開始してしまうのである。モヒカンのくせに人がいいというか、騙されやすいというか、柔軟性が高いというべきか、とにかく隅に置けない、目のはなせない男なのである。

ある日、部屋に戻るとBはブルーな表情でうなだれていた。そして、Bの横には、いかにもワケありのデザインをした金張りの仏像が立っている。ボクは思った。

アデュー!

〝まさか!!〟。どうやら、また新しい宗教に入ったらしい。

「また、やってしもうた……」。さすがにBも自分にあきれているらしい。この男、洗脳されるのも5分だが、キキが醒めるのも5分という、ニワトリのような脳なのである。

「オマエ、先月も入んなかったっけ」

本当にユルい男である。ボクとひと晩話した結果、早速脱会しようということになった。別に宗教の自由を侵すつもりはないが、Bはもう一日で仏像の顔を見るのも嫌になったという。ならば何の意味もない。

次の日の昼。その団体の集会所にBとボクはふたりで仏像をおんぶして返却&脱会の申し込みに行くことにした。集会所には責任者らしい人とコアな信者がいる。ボクは仏像を入り口に置いて、コイツがヤメたがっているということを告げた。すると早速、コアな信者にとり囲まれて様々な引き止めを受けた。

「とにかく、Bはヤメたがってる。仏像を見るだけでブルーになるそうだ。ヤメさせてやってくれ」

すると責任者は言う。「それはダメです。脱会の自由はありますが、ひとつだけ規則がある。それは、一度ヤメたら、もうヤレないんです!!」

「あっ、それでいいです。なぁ」

Bの方を向くと、Bも深くうなずいた。しかし、責任者は言う。

「いいですか⁉ ヤメたら、もう入れないんですよ‼ 二度と」

「いや、それで結構です。じゃあ」

帰ろうとするボクとBを呼び止める声が背中に突き刺さる。

「ちょっと待った。ヤメたらもうヤレないんですよ‼ わかります⁉」

「あんた、人の話聞いてる⁉ それでいいんだってば――‼ もう‼」

「ですからね。ヤメてもいいんですけど、もう二度と入れないのが問題なんですよ‼ ヤメたらダメです‼」

「だからさ――‼」

結局、この会話を3時間した挙句、責任者が泣き出したので仏像を置いて帰った。

Once you quit, you'll never make a new start.

〃御言葉〃その三十九

「ヤメたら、もう、ヤレなくなりますよ!!」

（とある宗教家、男・40代）

～水かけ論の真髄なる御言葉～

あとがき

とはいえ、僕は出不精で、出掛けるのも人に会うのも面倒臭いのです。時々、人に会いに出掛けることがあっても、あまりにも遅刻をしすぎて相手が帰ってることも多い。

そんな愚鈍な生活の中で名言を採集するのは、なかなか困難かと思われるかもしれませんが、疲れる人や、つまんない人にたくさん会ったところでどうなるモノでもないので、ただじっと、本当に疲れる人や、死ぬほどつまらない人に出会えるチャンスをうかがっています。

また、この仕事で友人のことをたくさん書いてしまうため、彼らは迷惑しているらしいですね。

たとえば、都築潤なんかは、あれでいて予備校の講師をやっているワケなんですけど、生徒の前では猫かぶってたらしいんですよ、今までは。

でも、すでに今では生徒からもバカ扱いされてるらしいですね。

それを聞くと、心が少し、本当にいいことをしたなと誇らしく呟きます。

よかった、よかった。

ミスターがイチロー選手に色紙を贈ったことがあるそうで、その色紙にはこう書いてあったそうです。

〝野性のような鴨になれ
イチロー君へ　長嶋茂雄〟

意味がわかりません。

しかし、すばらしいのひとことです。

また、落合博満がジャイアンツにいた頃、新人の仁志選手はいつも落合にこう言われていたそうです。

〝おい、タバコあるか？〟

特に意味はありませんが、思い出したので書いてみただけです。

で、何でしたっけ？

そうそう。

この連載をやらしてもらうにあたり、マガジンハウスの坂巻様、根本様には例によって、大変ご迷惑をおかけしました。だいぶ、おふたりの寿命を縮めた手ごたえを感じております。

ありがとうございました。

そして、書籍化にあたり、色々とお世話になりました情報センター出版局の瀬尾様、ありがとうございました。

瀬尾さんは今回の仕事であまりにも振り回されたため、人生規模ですべてのことが嫌になったと、コメントしておられて、これまた、いいことをしたなと手ごたえを感じております。

その他、装丁の常盤響くん、潤ちゃん、仕事場にたまたま遊びに来たばっかりに手伝わされた人々、そして、名言を聞かせてくれた皆さんに感謝いたします。ありがとう。

それじゃ、また。

一九九八年　夏

リリー・フランキー

あとがきのあとがき

理想の暮らしは、言葉のない暮らしだ。なにも喋らなくてもいい。なんの会話もしなくていい。

それでいて、少しも不安にならず、同じ空気をわかち合い、豊かな気持ちで暮らせる女と、静かな場所で生活する。

そんな日々が理想だ。

言葉は一番、人を傷つける。そして、喜ばせ間違わせる。それのない場所に行きたい。

〝あなたが私を　きらいになったら　静かに静かに　いなくなってほしい〟

島倉千代子の「愛のさざなみ」に歌われた名フレーズである。

本当はそれでいい。しかし、現代人はなぜか「ちゃんと話さなければ」「白黒はっきりさせなければ」と、そこに言葉をはさみ込み、更にお互いを傷つけ合う。

言葉を交す必要はない。すでに白黒はついているのだから。

なしくずし。うやむや。フェードアウト。

もしかしたら、それでいいのではないのだろうか？

「静かに、静かにしなさいよォ」

都築潤の麻雀する時の口ぐせだ。あれだけ大量の名言を吐く男だけに、沈黙の価値を知っているらしい。

でも、人は言葉を、会話を交さずには生きてはゆけない。手話でも、ジェスチャーでも、なにかを伝えなくては生きてゆけない。

ならば、せめて名言を。心に残るひと言を。どんなロクデナシでも、果てしないバカでも人生にひと言でも「名言」を吐いた者は、すばらしい。

僕は言葉が気になるだけに、言葉の無意味さと怖さを痛感する。人々の名言を拾い歩きながらも、他人事《ひとごと》ながら、心が痛くなる。

言葉のない暮らし。

前述したような、言葉がなくとも豊かな生活。そんな暮らしがしたいのだと、いつか、惚れた女に言ってみたところ、女はこう言った。

「いや、喋ろうよ」

そういうことじゃなくてさぁ……。長い話になってしまった。説明すんのに。

文庫本化にあたりまして、幻冬舎の永島さんには長い間お世話になりました。ありがとうございます。これからもお世話になります。

そして、単行本にひき続き装幀の常盤くん、潤ちゃん、その他の名言の主の方々。ありがとうございました。

そして、先日。沈黙を楽しんでいた僕に女は言った。

「なに？　どうしたの？　怒ってんの？」

二〇〇一年　冬

リリー・フランキー

《初出》

一九九八年九月　情報センター出版局　『誰も知らない名言集』

二〇〇一年十二月　幻冬舎文庫　『増量・誰も知らない名言集』
＊単行本未収録エッセイを増量しました
（イラスト未収録）

二〇〇六年二月　幻冬舎文庫　『増量・誰も知らない名言集イラスト入り』
＊イラストを39点増量しました

幻冬舎文庫

●最新刊
アシュラ(上)(下)
ジョージ秋山

餓死寸前の少年は、平然と人を殺し生きるためだけに人肉を食い続けた……。アシュラの凄惨な行動を通して、鬼才ジョージ秋山が問いかける根源的生。漫画史上空前の衝撃的話題作、待望の復刊!!

●最新刊
剣客春秋 かどわかし
鳥羽 亮

吟味方与力の子供が何者かにさらわれた矢先、油問屋に夜盗が押し入った。ほどなく臨時廻同心の愛息も姿を消し、事件の探索に乗り出した里美も消息を絶つ……。好評のシリーズ第三弾!

●最新刊
笑うスチュワーデス
NOKOとエアステージ編集部

人には言えないあの失敗、個性溢れる珍客たち、そして世界を股に掛けた優雅(?)な生活。元国際線スチュワーデスが、その本当の姿を赤裸々に綴った、飛行機に乗るのが百倍楽しくなる一冊!

●最新刊
数奇にして有限の良い終末を
I Say Essay Everyday
森 博嗣

的中する予言、冴えわたる辛言、世間への苦言、思わず笑ってしまう戯言、そして毎日の践言!足かけ6年、真面目かつユーモラスに続いた人気エッセィ〈思索と行動〉シリーズ、怒濤の完結。

●最新刊
バナタイム
よしもとばなな

強大なエネルギーを感じたプロポーズの瞬間から、新しい生命が宿るまで。人生のターニングポイントを迎えながら学んだことと発見したこと。幸福の兆しの大切さを伝える名エッセイ集。

増量《ぞうりょう》・誰《だれ》も知《し》らない名言集《めいげんしゅう》イラスト入《い》り

リリー・フランキー

平成18年2月10日　初版発行

発行者——見城徹
発行所——株式会社幻冬舎
〒151-0051東京都渋谷区千駄ヶ谷4-9-7
電話　03(5411)6222(営業)
　　　03(5411)6211(編集)
振替00120-8-767643
印刷・製本—株式会社 光邦
装丁者——高橋雅之

幻冬舎文庫

ISBN4-344-40760-1　C0195　り-1-2